Como um dia sem fim

TATIELLE KATLURYN

Como um dia sem fim

끝이 없는 하루처럼

mundocristão

CIP-Brasil. Catalogação na publicação
Sindicato Nacional dos Editores de Livros, RJ

K27c

Katluryn, Tatielle
Como um dia sem fim / Tatielle Katluryn. - 1. ed. - São Paulo : Mundo Cristão, 2025.
144 p.

ISBN 978-65-5988-518-3

1. Romance brasileiro. 2. Ficção cristã. I. Título.

CDD: B869.3
25-100768.0 CDU: 82-31(81)

Carla Rosa Martins Gonçalves - Bibliotecária - CRB-7/4782

Categoria: Literatura
1ª edição: Novembro de 2025

Edição
Camila Lima
Revisão
Guilherme H. Lorenzetti
Produção e diagramação
Felipe Marques
Colaboração
Ana Luiza Ferreira
Gabrielli Casseta
Ilustração
Davi Augusto
Capa
Jonatas Belan

Publicado no Brasil com todos os direitos reservados por:

Editora Mundo Cristão
Rua Antônio Carlos Tacconi, 69
São Paulo, SP, Brasil
CEP 04810-020
Telefone: (11) 2127-4147
www.mundocristao.com.br

Para aquele que sorriu para mim no voo
e me inspirou a escrever esta história do nada.
E para você que ama um romance clichê
de amor à primeira vista.

Nota da autora

Quando comecei a planejar minha primeira viagem para São Paulo, nunca passou pela minha cabeça que eu voltaria para casa com a ideia de um novo livro faltando um mês para o Natal — ou que Deus me daria a capacidade de escrever a primeira versão dele, e em menos de duas semanas! Contudo, durante o processo de escrita, embora ele tenha sido curto, vivi muitas lutas internas, que foram extremamente desgastantes e dolorosas.

Eu pensava o tempo todo que não conseguiria terminar o livro e teria de avisar a vocês, o meu Team, que havia desistido. E mais de um ano depois, ao escrever a versão estendida desta história, o medo voltou outra vez. Achei que não conseguiria entregá-lo para a editora dentro do prazo. Mas, veja, você está literalmente segurando um milagre em suas mãos, e foi Deus quem transformou uma ideia mirabolante em realidade! Espero que isso incentive você a nunca desvalorizar os pequenos começos e a faça perceber que, embora tenhamos pensamentos ansiosos a respeito da nossa jornada e as dúvidas queiram nos consumir, eles não nos definem. Podemos, sim, chegar ao porto desejado e cantar o hino da vitória.

Espero também que, ao ler *Como um dia sem fim*, você sinta sua identidade ser curada e suas mãos serem tocadas carinhosamente pelas do nosso amado e querido Senhor Jesus Cristo. Apesar de este livro ter nascido de uma situação inusitada que vivi no aeroporto de Brasília, onde peguei um voo de conexão para

São Paulo, ele vai muito além de uma *fanfic* vivida por uma autora emocionada. É o cumprimento de uma promessa! Deus disse que me usaria através das palavras, e foi isso o que ele fez ao me tocar por meio de cada frase desta história de amor à primeira vista.

Antes da viagem, eu estava me sentindo esgotada emocionalmente, por isso queria largar tudo e ficar reclusa. Sofria fortes dores nos pulsos, e algumas vezes nem o remédio resolvia. Mas, após tantas experiências incríveis no meu passeio pelos bairros de origem asiática em São Paulo, me senti recarregada e renovada pelo Senhor!

Portanto, acredito de verdade que Dominic e o coreano mais gentil deste planeta, o *apenas Jae*, também serão instrumentos nas mãos do Mestre para tocar você de uma forma leve, divertida e profunda. Prepare-se para se identificar e rir muito com os encontros e reencontros malucos desses dois! *Como um dia sem fim* vai aquecer o seu coraçãozinho e lembrá-la de que em Deus você é uma pessoa amada, linda e importante, e que ele tem planos de paz, esperança e um futuro para a sua vida!

Prefácio

Eu acredito que você já leu o seguinte versículo: "Portanto, não se preocupem com o amanhã, pois o amanhã trará suas próprias inquietações. Bastam para hoje os problemas deste dia" (Mt 6.34, NVT). Posso imaginar que as palavras de Jesus já acalmaram seu coração ao menos uma vez, estou certa? Precisamos ser lembrados dessa verdade com mais frequência do que gostaríamos; caso contrário, afundaríamos em um mar de medos e ansiedades. E, se você sente que precisa voltar à superfície, este livro é uma boa pedida.

Tatielle nos entrega uma ficção cristã carregada de cultura asiática, sentimentos e aprendizados ao nos conduzir pelos corações jovens, feridos e ansiosos de Jae e Dominic. Cada um, à sua maneira, aprende que o tempo do Senhor é perfeito e pode nos surpreender. Enquanto Dominic nos faz rir com sua energia (catastrófica, como diria o mocinho) e carrega com muito orgulho referências à cultura nordestina, Jae é a brisa suave que sopra ao entardecer. Duas personalidades distintas que se esbarram em um aeroporto em época de Natal e que possuem em comum o desejo de honrar e agradar ao Senhor.

Como um dia sem fim é uma história para curar corações feridos e enchê-los da esperança que salva e transforma. A jornada de Dominic vai lembrar as garotas cristãs da beleza que há em guardar o coração nas mãos do Senhor. Leia e encante-se com esse conto de príncipes e princesas moderno e "doramático".

Pat Müller

Autora de *Memórias em papel timbrado*

Como um dia sem fim

끝이 없는 하루처럼

1

Um voo para longe da zona de conforto

DOMINIC

Bastou que eu saísse do táxi branco para me lembrar da última coisa que tinha ouvido da minha avó, dona Carmina, antes de dar adeus à minha cidade. Suspirei ao pegar minha imensa — e pesada — mala vermelha de rodinhas, que brilhavam de tão novas, nunca tendo sido usada. Afinal de contas, aquela era a primeira viagem longa que eu faria na vida. À medida que a arrastava para dentro do saguão do aeroporto, decorado com pisca-piscas coloridos e uma imensa árvore de Natal, as palavras da vovó ecoavam dentro de mim, como se ela as estivesse proferindo naquele instante:

— Se não der certo, lembre-se de que você tem uma casa para onde voltar.

Na madrugada daquela terça-feira, ela havia me abraçado forte entre lágrimas e soluços. A despedida me causara um nervosismo tremendo, mas eu não queria assustar nem ela, nem meu avô, seu Bernardo, com minhas dúvidas. Pois a verdade é que eu não queria voltar atrás na decisão que havia tomado — e, se eles soubessem o quanto eu estava assustada, sem dúvida teriam me convencido facilmente a continuar ali, no aconchego do lar humilde, em que nada de novo acontecia havia décadas. Se era para ir embora, eu *tinha* que fazer isso sem um medo absurdo do futuro.

Mas e se não der certo? Eu não tinha nenhuma garantia de que os riscos e sacrifícios valeriam a pena algum dia. Contudo, lá no fundo da alma, havia mais uma pergunta reverberando: *E se der muito certo? E se os meus sonhos finalmente se tornarem reais?*

Costumamos nos apegar tanto à possibilidade de algo dar errado que nos esquecemos de que sem fé é impossível agradar àquele cujos planos são de nos dar paz, esperança e futuro. É tentador criar cenários desastrosos e projetar feridas passadas no que não conhecemos, como se fosse um hobby imaginar as coisas fora de controle, as lágrimas derramadas, os nãos da caminhada e as portas sendo fechadas. Porque, se pensarmos no lado negativo, o que acontecer de ruim não nos pegará de surpresa, não é mesmo? E o que vier de positivo será lucro. Porém, pensamentos de caos não devem definir a jornada de quem acredita naquele que cuida do nosso amanhã e nos pede para não vivermos preocupados com coisa alguma.

De fato, eu acreditava em tudo isso e sabia que não deveria me deixar levar por minha fantástica imaginação catastrófica, mas ainda assim estava tremendo no saguão enquanto procurava minha companhia aérea com os olhos. As mãos suadas seguraram na alça da mala, e algumas pontadas de dor surgiram no abdômen enquanto eu tentava expulsar da mente a imagem da aeronave despencando no ar.

E se eu morrer? Aquela era a primeira vez que eu viajaria de avião. Tinha passado as cinco horas da viagem de ônibus, no trajeto entre a cidade pequena em que eu morava até a rodoviária de São Luís, matutando se era possível o piloto dormir durante o pouso ou vinte urubus entrarem nas turbinas, fazendo-as ficar em chamas.

Deu para perceber que sou um *tantinho* dramática e que tenho problemas com ansiedade, não é? Mas vocês podem me perdoar? Porque, apesar de ter vinte e um anos, eu, Dominic Sanchez, nunca havia tido outra chance como aquela em minha vida pacata. Na verdade, minha infância tinha sido marcada por transportes como canoas, bicicletas e carros quatro por quatro. Meses antes, não havia tido condições de pagar sequer um transporte da minha cidade até a capital para assistir à estreia do filme *Eclipse*, da Saga Crepúsculo, já que onde eu morava não tinha cinema. Quem ficara muito feliz com isso fora minha avó. Dona Carmina havia comemorado muito o fato de minha empreitada de assistir ao filme não ter dado certo, pois, como uma boa irmã do coque e membro do círculo de oração da igreja, ela não gostava de histórias com lobos e vampiros. Segundo ela, aquilo não convinha a uma garota como eu — e, no fundo, ela não estava errada.

No entanto, vovó havia louvado ao Senhor quando eu a levara até o cibercafé e lhe mostrara o e-mail com a proposta de emprego que tinha recebido de uma empresa em São Paulo. Ela sempre me dizia que quando fosse de Deus seria leve, e de fato o processo de contratação tinha sido muito tranquilo. Era até bom demais para ser verdade! Será que eu estava indo para uma emboscada e seria vítima de tráfico humano? *Deus queira que não!* Havia sido minha prima quem tinha arrumado aquela vaga para mim, e ela não teria sido capaz... ou teria? *Sangue de Jesus tem poder!*

Balancei a cabeça para afastar os pensamentos e tentei me concentrar em coisas boas, como o fato de todas as despesas estarem sendo pagas pela empresa. Custear aquela empreitada sozinha teria sido difícil demais, mas eu estava indo sem nenhum peso no bolso, porque nada daquilo dependia de mim. Talvez você esteja pensando que tipo de pessoa não tem dinheiro para comprar uma passagem de avião... *Bom, eu mesma!*

Eu cresci no interior do Maranhão, em um lugar quente, cheio de areia e com mato para todos os lados. Fui criada com amor, mas também com dificuldades, do tipo que fazem crianças amadurecerem antes do tempo. Apesar disso, eu não tinha nada do que reclamar, porque meus avós maternos me sustentaram e nunca me faltara coisa alguma. Deus sempre enviava a provisão para nossa casa!

Por isso, não se assuste quando digo que andar de avião é um luxo tremendo. Aquilo que para algumas pessoas é banal e rotineiro, para outras é um milagre.

Para mim, era muito louco pisar no aeroporto, iluminado com luzes coloridas e guirlandas. Mais doido ainda era imaginar que aquilo estava acontecendo graças à porta que Deus tinha aberto praticamente *do nada* havia pouco menos de três semanas. Será que as pessoas que me aguardavam, a quilômetros de distância do meu lar, em nenhum momento pensaram em desistir de me dar aquela oportunidade? Não era possível que me enxotassem, né? *Ok, ok, chega disso!* Imaginar coisas ruins aumentava minha ansiedade.

Mas, quando eu estava prestes a dar um basta nisso, uma voz feminina encheu o recinto:

— Passageiros senhor Kim... — *Fulano de tal, beltrano, cicrano*, porque não entendi os vários nomes que a mulher chamou antes de falar um conhecido até demais. — E senhora Dominic Sanchez, do voo três-dois-oito-zero com destino a São Paulo, dirijam-se ao portão cinco. O embarque será encerrado em alguns minutos — a voz enfatizou nos alto-falantes suspensos.

— Por que estão falando o meu? Como assim, o embarque vai ser *encerrado?* Isso quer dizer... — Engoli em seco e coloquei a mão trêmula na testa morena. — Eu posso *perder* o voo? Jesus, Maria, José! E ainda nem despachei a bagagem!

Afastei as mechas cacheadas, ergui o rosto redondo, mirei o guichê azul-bebê da companhia aérea Day Airlines e corri até os atendentes o mais rápido que pude.

Meus sapatos não ajudaram muito, mas não me arrependi de tê-los escolhido. Os calçados Mary Jane de salto e as meias brancas combinavam perfeitamente com o vestido vermelho quadriculado, sobreposto a uma camisa marrom-claro. Assim que me aproximei do balcão de atendimento, um homem grisalho com crachá ergueu a sobrancelha e me olhou de cima a baixo de forma bem julgadora. Para uma pessoa "cheinha" feito eu, como minha tia falava, aquilo não era incomum, infelizmente. Pelo menos na minha cabeça, sempre que alguém me encarava por muito tempo, eu acreditava estar julgando minhas gordurinhas.

— Bom dia, senhora! O seu voo é para onde? — questionou de imediato.

— Eu sou a Dominic Sanchez desse voo que acabou de ser anunciado. Com destino a São Paulo. — Apontei para o teto, indicando as caixas de som.

— Sabia que a senhora só poderá despachar a bagagem até às dez e meia? O sistema já vai fechar, e o embarque do seu voo será encerrado daqui a pouco também.

— Pelo amor de Deus, moço! — Arregalei os olhos. — Se eu perder esse voo, estou lascada! Não posso ir sem as minhas coisas. Tudo que tenho está aqui!

— Me dê seus documentos e o cartão de embarque, por favor.

Rapidamente tirei a carteira da bolsa preta, abri-a e entreguei os papéis a ele. O homem digitou as informações no computador de tubo branco e me pediu para colocar a pesada mala na esteira. Bem que ele poderia ter ajudado! Sofri, por não frequentar nenhuma academia, e levantei a bagagem, que parecia pesar dez toneladas, soltando alguns grunhidos. Logo ele a pesou e etiquetou, e me devolveu os documentos.

— Senhora, não sei se é do seu conhecimento, mas a sua passagem faz parte do grupo um, o Premium Diamante, que deve entrar no voo após os passageiros prioritários por lei. Acho que todos já devem ter embarcado. Mas não se preocupe, vai dar tempo. Tenha uma ótima viagem!

— Obrigada, moço! — agradeci quase sem fôlego e com a testa pingando de suor, pois pelo visto minha mala havia atingido o limite de vinte e três quilos sem nenhuma dificuldade.

Ajeitei a mochila nas costas e li as placas em busca da área de embarque, além de seguir as dicas de Belinha, minha prima: observar o que os outros passageiros estão fazendo e copiá-los na maior cara dura. Quando encontrei o local, precisei entrar numa fila para ser vistoriada através do raio-x e abri a bolsa como fez a menina à minha frente.

Ela tirou um iPhone 4 da bolsa, o lançamento do ano. Eu nunca tinha visto um daqueles pessoalmente; custava uma fortuna! Ela depositou o aparelho na bandeja laranja e depois fiz o mesmo com meu querido Nokia 2730 Classic e o MP3 com os fones. Então, chegou a hora mais aterrorizante: passar pelo detector de metais e o raio-x. Não que eu estivesse levando qualquer coisa suspeita, mas o medo de aquele troço apitar e de chamarem os guardas para me levarem dali era grande.

Graças ao meu bom Deus, passei tranquilamente. Peguei minhas coisas da esteira e continuei seguindo a multidão enquanto olhava para as sinalizações no caminho. O meu portão era o de número cinco, mas eu ainda não o havia encontrado. Além disso, a multidão enchia os corredores e tornava o deslocamento mais difícil, pois o aeroporto não era grande.

Então, quando pensei que fosse a única perdida, ouvi pessoas falando em inglês atrás de mim. Eu até podia ter crescido num lar humilde, mas se tinha algo que havia aproveitado bastante foram as oportunidades de estudar idiomas. Tinha feito praticamente todos os cursos gratuitos que o governo disponibilizava. Por isso, não era difícil entender que eles procuravam o mesmo portão que eu. Uma voz masculina, gentil e aconchegante disse que o havia encontrado, e me atrevi a parar no mesmo instante. Queria ver que direção eles tomariam e segui-los. Contudo, não sabia que o meu ato de *frear* faria um *homem superalto* trombar em mim.

— *Ommo*! — exclamou em uma língua que eu não conhecia.

Como se o esbarrão não fosse o bastante, dei uma voltinha, ficando cara a cara com o jovem de ombros largos, vestido elegantemente com terno e gravata. Carregava uma bolsa marrom no ombro, na qual estava pendurado um chaveiro de alpaca, um primo da lhama. Fios brancos de um fone de ouvido descansavam ao redor de seu pescoço.

Ele era muito mais alto que eu, a ponto de eu me sentir uma criança, e estava bronzeado como se tivesse passado o dia anterior pegando sol numa praia. Seus cabelos eram lisos e tingidos de loiro, e ele tinha um ar leve, despretensioso e charmoso. Visivelmente era estrangeiro, ou pelo menos tinha ascendência asiática. Eu tinha quase certeza de que era coreano.

Ok, em poucos segundos fiz uma análise de um homem que nunca vi na vida!

— Me desculpe, senhor — pedi em inglês.

— Sem problema. Você está bem, senhorita? — respondeu, também em inglês, com cordialidade.

Ele me chamou de senhorita?

Achei aquilo... fofinho. Não somente pelo cuidado em si, mas pela clara preocupação em seus olhos castanhos e redondos, apesar de serem puxadinhos, como chamamos por aqui. Isso me pegou desprevenida.

— Eu estou bem, obrigada! Seu portão é o cinco também? — Tirei proveito do meu inglês para lhe fazer aquela pergunta ousada, pois a última coisa que eu queria era demorar para encontrar o portão e perder meu voo.

— Que bom, senhorita! Sim! O seu também? Ele fica naquela direção, e temos que nos apressar — disse o rapaz com urgência, os olhos arregalados ao apontar para um extenso corredor ao nosso lado direito.

Um cara mal-educado talvez nem tivesse me respondido nada, só teria me olhado feio por tê-lo feito tropeçar e seguiria seu caminho. Mas esse, não. Em apenas alguns segundos, percebi que ele tinha algo de diferente ou familiar. Só não compreendia ao certo o quê.

Mal sabia eu que, depois daquele esbarrão, teríamos mais uma interação totalmente inesperada, do tipo que me faria questionar quem ele *realmente* era.

2

O tipo de sorriso que derrete icebergs

DOMINIC

Você se surpreenderia se eu dissesse que o suposto coreano estava no mesmo voo que eu? Graças a ele, consegui me localizar no aeroporto e cheguei ao portão antes de ele ser fechado na minha cara. O homem prestativo e seu grupo embarcaram antes de mim; pelo visto, eu não era a única cliente Premium Diamante atrasadíssima. Todos usavam roupas formais, como homens de negócios ou funcionários do mais alto escalão do governo, mas o rapaz com o cabelo tingido de loiro era o único com feição asiática.

Eles conversavam entre si em inglês e, pelo que entendi, estavam comentando quão incrível tinha sido aquela viagem para conhecer um *deserto*. Seguiram gargalhando pelo túnel que nos levava à aeronave. Riam das imagens que decoravam as paredes, nas quais havia um Papai Noel sobrevoando nada menos que o Parque Nacional dos Lençóis Maranhenses com seu trenó e renas. Até eu achei engraçadinho!

Cumprimentaram os comissários de bordo em inglês, e eu fiz o mesmo. Tinha ficado tão nervosa em finalmente estar dentro do avião, que meu cérebro havia parado de raciocinar e mandado um "*good morning*" como se fosse estrangeira que nem eles. Talvez os estivesse observando demais e seguindo à risca a dica da minha prima de fazer o que os outros passageiros faziam — o tipo de vergonha que a gente passa no cheque sem fundo!

Minhas bochechas queimavam, deviam estar supervermelhas e em evidência. Para disfarçar, abaixei a cabeça e não olhei para onde estava indo. Dei uns três passos no corredor estreito e levei um pequeno susto quando uma das mulheres do grupo à frente derrubou uma bolsa pesada no chão, fazendo um estrondo. Inconscientemente encarei o objeto de couro. Contudo, não fui a única. O homem loiro fez o mesmo. Quando ergui o queixo, sem querer nossos olhares se encontraram e... ele sorriu para mim!

Não era um sorriso comum, do tipo que você vê por aí todo dia. Havia algo no jeito como seus lábios grossos se curvaram de forma acolhedora, mostrando os dentes brancos e evidenciando as linhas de expressão do bigode chinês nas extremidades da sua boca, e nas suas bochechas, quase tão redondas quanto as minhas, ainda baixando as sobrancelhas, deixando-as bem pertinho dos seus olhos, o que me aqueceu por dentro. Derreti como um iceberg e me tornei um vulcão em erupção. Ou seja, um verdadeiro desastre!

A maluca aqui, óbvio, retribuiu o gesto e acabou usando toda a simpatia que tinha. Um calor subiu por meu pescoço e pensei em sair correndo, me esconder num canto e fingir que nunca trocara olhares e sorrisos com aquele desconhecido — um estranho muito bonito, por sinal. Fiquei tão desnorteada que paralisei. Então uma mão me cutucou no ombro e me mandou ir com urgência para meu assento, porque eu estava atrasando o processo de fechar as portas da aeronave e dar início à decolagem. *Mais uma vergonha para a conta!*

Se era para seguir meu caminho sem ser notada, eu com certeza não estava conseguindo! Dei um passo para o lado e me espremi no corredor para verificar no cartão de embarque qual era o número do meu assento. Era o 3B, um dos primeiros. Logo, não precisaria me deslocar até o final. Uma das vantagens de ser filha de Deus Premium Diamante. Nunca, *nunquinha*, havia pensado em viajar de classe executiva. Mas olha o que Jesus faz na vida da gente!

Levantei o rosto e procurei pelo bendito 3B. Acho que nada neste mundo teria me preparado o bastante para a cena que vislumbrei: o jovem loiro lindamente sentado próximo à janela, com a bolsa marrom aos seus pés, debaixo do assento dianteiro. Ele repousava eternamente em berço esplêndido no 3A. Isso só queria dizer a coisa mais óbvia do planeta: eu, Dominic Sanchez, passaria as próximas três horas ao lado do homem para quem tinha sorrido de modo descarado segundos antes. Por isso, na mente, orei assim:

Deus Pai, Deus Filho, Deus Espírito Santo, me ajudem neste momento. Me guardem de mim mesma e de meu coração abestalhado. Amém!

— Está tudo bem, senhorita? — ele questionou em inglês e franziu o cenho.

Então percebi que, sem querer, estava parada, encarando-o. Parecia uma fã perseguindo seu artista favorito.

— Oh! Esse é o 3B, não é? — perguntei já sabendo a resposta.

— Sim, mas se quiser se sentar na janela, não tem problema algum. Eu troco de assento com você.

— Não é isso. — Me joguei na minha poltrona. — Era só para ter certeza. — Tirei a mochila das costas e a coloquei no chão, próxima aos meus pés, onde ela coube perfeitamente.

Um silêncio pairou entre nós dois. Ninguém se sentou no assento do corredor, e eu me esforcei para me concentrar no que a comissária de bordo estava explicando. Mas ouvi-la falar do que eu precisaria fazer caso o avião despencasse fez minha mente viajar para os pensamentos catastróficos de antes.

Fechei os olhos e encostei a cabeça no banco acolchoado, respirando com dificuldade e sentindo os batimentos cardíacos aumentarem de frequência.

— Você está passando mal, senhorita? — o rapaz indagou.

Eu poderia confiar em um estranho e falar sobre o que estava acontecendo se nem eu mesma tinha clareza do que se tratava? Sentia um mal-estar físico misturado com uma apreensão emocional, com direito a nó na garganta e uma dor de cabeça dando os primeiros sinais. E se eu tentasse contar a ele meus medos, já que não nos veríamos depois mesmo, mas me embananasse no idioma estrangeiro? Apesar de estar acostumada a falar em inglês com os clientes do meu antigo trabalho, aquilo ali era diferente. Eu não daria informações que tinha decorado nem poderia fingir entender tudo que me dissesse enquanto falasse de forma muito acelerada, reclamando de alguma coisa. Seria uma conversa de verdade, e eu tinha medo de cometer algum erro. E se o ofendesse sem querer? *Céus!*

Eu havia estudado muito, e as pessoas elogiavam minha fluência. Entretanto, vez ou outra pensamentos intrusivos me diziam que eu era uma impostora, incapaz de manter um diálogo fluido fora do trabalho.

— É que estou com um pouquinho de medo do voo, mas vai passar. *Tem que passar...* — disse com a voz fraca.

Lá estava eu, abrindo meu coração para um completo estranho. Logo eu, que tive o coração partido no passado, por confiar em quem não deveria. Dei a um *mentiroso* não apenas meu coração, mas a minha ingenuidade. Uma dor que me atravessou ao meio a ponto de eu quase desistir de viver. E lá estava eu confiando naquele asiático loiro! Eu não aprendia mesmo! Mas o que esperar de uma pessoa que puxava assunto na fila do caixa do supermercado e fazia amizade com idosos na padaria?

— Se tiver algo que eu possa fazer, é só falar. Ou posso chamar a comissária de bordo para auxiliar, o que você achar melhor. Apenas não fique passando mal sozinha, ok?

Eu me atrevi a mirá-lo pelo canto do olho e senti que estava sendo honesto. O que ele ganharia com aquilo? Provavelmente, nada. Mas talvez fosse o tipo raro de homem que faz algo por uma garota sem esperar nada em troca. Eu já tinha atendido muitos homens asiáticos onde trabalhara, especialmente coreanos e japoneses, e era como um jogo da sorte: alguns eram bacanas, educados e simpáticos; outros eram frios, mal-educados e extremamente exigentes. Queriam que a gente respondesse a seus desejos no mesmo segundo em que pediam e não tinham paciência para nada.

Mas eu sentia que ele era mais do primeiro tipo. Mesmo assim, me calei e fiquei parada feito uma estátua, com a respiração hiperventilando e os olhos fechados. Nisso, ele voltou a falar de modo preocupado e tentou me oferecer ajuda mais uma vez:

— Acho que ouvir um pouco de música pode ajudar, senhorita. — Estendeu para mim seus fones de ouvido e um iPod Shuffle prata tão pequeno quanto uma caixa de fósforo.

— Oh, agradeço, mas não precisa. Eu trouxe o meu MP3.

O jovem assentiu com a cabeça e deu um sorriso amarelo. Então, eu me abaixei para pegar o aparelho na mochila. Meu plano era infalível: ouvir o álbum *Speak Now*, da Taylor Swift, repetidas vezes por três horas. Tentaria não chorar quando tocasse "Back to December" e de quebra fingiria um sono profundo para não precisar conversar.

Teria dado certo se o lindo do meu MP3 estivesse com bateria.

— Argh! — resmunguei ao apertar todos os botões daquele troço.

— Está descarregado?

Virei o rosto e o fitei fazendo biquinho para mim sem vergonha alguma. Balancei a cabeça para confirmar que o aparelho estava sem bateria. Aquilo era uma catástrofe! Como eu viajaria sem música? Quem me conhece sabe que eu me movo na misericórdia do Senhor e através das ondas sonoras. Ia além de um escape; era um item de sobrevivência, uma das poucas coisas que conseguiam me acalmar quando eu passava mal daquele jeito! Como dizia uma das minhas comunidades no Orkut, cujo ícone era um gatinho laranja usando fones de ouvido e óculos pretos: "Eu não vivo sem música".

— Achei que tinha colocado para carregar, mas tinha tanta coisa para organizar que acabei esquecendo. — Guardei o MP3 na bolsa e a devolvi ao chão.

— Minha proposta continua de pé, senhorita. Aceita? — Voltou a estender os fones em minha direção, oferecendo como brinde um sorriso fofo.

— Tem certeza? A viagem é um pouco longa e não quero incomodar.

— Ajudar meu próximo nunca será um incômodo, senhorita, mas uma honra. E, se servir de consolo e fizer você se sentir melhor, podemos dividir o fone. O que acha? Prometo que a minha playlist não é tão ruim assim.

Relutei por alguns segundos, eu não podia sair confiando em qualquer pessoa. Mas, dando-me por vencida, respirei fundo e peguei o lado direito do fone. Coloquei-o no ouvido e me recostei no assento. No entanto, não estava preparada para o susto que levaria com os primeiros acordes.

— Essa música! — Me ergui na cadeira.

— Desculpe! Não era essa a playlist que eu queria colocar. Vou trocar — disse com as bochechas vermelhas.

— Por favor, deixa essa tocar! "It's You" é uma das minhas preferidas do Fireflight! Tocou muito no meu aniversário de dezoito anos. Meu avô, coitado, não aguentava mais e ficava dizendo que rock é coisa do inimigo. — Ri com a lembrança.

Conseguia me lembrar nitidamente do enorme bolo de dois andares que dona Carmina havia feito com muito amor, cheio de granulados prateados duros como pedra e perfeitos para quebrar os dentes. Na decoração, dezenas de balões brancos, pretos e roxos em um painel montado na frente da minha casa. A intenção era passar uma ideia de garota emo-gospel. *Quem nunca viveu essa fase roqueira nos anos dois mil que atire a primeira pedra!*

Mas os convidados acharam tudo uma beleza e se divertiram muito. Mais de cem pessoas estavam presentes, e fechamos a rua com mesas e cadeiras para comportar todos. Embora não tivéssemos boas condições financeiras, os irmãos da nossa igreja e meus amigos do ensino médio se mobilizaram para transformar meu sonho em realidade. Até aquele dia, eu nunca havia tido uma festa de aniversário nem pudera realizar meu sonho de ter um baile de debutante para comemorar os quinze anos, devido ao caos que tinha revirado minha vida naquela época.

O momento mais emocionante para mim, que me havia feito borrar a maquiagem, tinha sido quando as meninas da minha igreja apresentaram uma coreografia impecável da música "Aos olhos do Pai", do Diante do Trono. Eu tinha me acabado no coro, que dizia:

Você é linda demais
Perfeita aos olhos do Pai
Alguém igual a você
Não vi jamais

— Minha mãe também não gosta muito. Mas eu e o pessoal da minha igreja ainda ouvimos bastante. Você já escutou o álbum que eles lançaram esse ano? "For Those Who Wait" é a melhor, sem dúvidas. Choro toda vez que ouço, sem brincadeira!

Acho que o gato se empolgou demais, enquanto eu fiquei estupefata, desmaiada, morta, enterrada!

— Você é cristão? Evangélico? Faz parte de uma igreja? Com pastor, líder de jovens, essas coisas? — Atirei as palavras como uma metralhadora, mantendo os olhos arregalados.

Ele deu um sorrisinho de lado e passou os dedos na franja para jogar os fios loiros para trás, então aproximou o rosto do meu e respondeu:

— Sim, e você também é. Estou certo?

Chamem uma ambulância, porque estou sentindo minhas forças indo embora!

Eu estava alucinando ou o carinha loiro, cujo nome eu ainda não sabia, havia mesmo acabado de se declarar *um crente em Jesus*? E pior: eu o achei incrivelmente encantador após essa informação.

3

Se pudesse, não soltaria sua mão nunca mais

JAE

Você já teve a sensação de que conhecia uma pessoa, como se fossem íntimos por décadas, embora, na verdade, aquela fosse a primeira vez que se viam?

Meus avós paternos tinham uma crença diferente dos valores cristãos com que meus pais me criaram. Eles acreditavam em vidas passadas e diziam que, ao morrermos, renasceríamos. Segundo eles, nós podíamos encontrar várias vezes as pessoas que amávamos, como se estivéssemos destinados a estar juntos. Eu tinha ouvido isso durante toda a minha infância, principalmente se algum parente nosso falecia na Coreia do Sul e eles não conseguiam ir ao funeral. Prestavam as devidas homenagens e condolências à distância, com uma série de rituais, crendo que poderiam se reencontrar em suas próximas vidas.

Embora minhas duas irmãs mais velhas, a Lybnne e Maria Liz, vissem como algo romântico, eu nunca havia acreditado naquilo. Apesar disso, sempre os respeitava e ouvia seus desabafos com atenção, pois via que esse era um jeito de se confortarem em algo que doía profundamente. Para mim, nós recebíamos de Deus uma única chance de existir neste mundo e devíamos desfrutá-la ao máximo com sabedoria e amor, tanto por nós mesmos quanto pelo próximo, em vez de nos prendermos à ideia de ter mais uma oportunidade para fazer o que não tínhamos executado antes. Afinal, o que garantia a uma pessoa que ela poderia voltar e fazer tudo diferente em uma próxima vida?

Todavia, durante o voo, tive um pensamento estranho. Era como se tivesse conhecido antes aquela garota parda de cabelos cacheados. Não de uma vida passada, é claro, mas que nosso primeiro encontro não tinha sido aquele ali, no avião rumo a São Paulo. Isso era possível? Que já tivéssemos nos esbarrado por aí? Tinha absoluta certeza de que nunca a encontrara antes, porém o jeito como conversamos sobre nossas igrejas e músicas preferidas do Fireflight fez com que eu me sentisse como se já a conhecesse havia anos. Tudo isso me deu uma grande e esquisita sensação de *déjà-vu*.

Internamente, orei e perguntei a Jesus por que eu estava com a sensação de que ela era alguém *importante*, quando mal a conhecia. Havia dois anos, decidira guardar meu coração. Não podia ser idiota a ponto de arrancá-lo da proteção com tanta facilidade! Mas como ela conseguira a proeza de me amolecer com poucas palavras e um sorriso? Notei que até as pessoas do meu grupo, espalhadas nas outras fileiras, me olhavam de rabo de olho, desconfiadas da minha atitude amigável para com a garota de nome desconhecido. Para falar a verdade, eu não me identificava com o tipo garanhão. Só tivera uma namorada na vida. Então algum Don Juan só podia ter trocado de alma comigo quando eu pusera os pés no aeroporto!

— Vai iniciar a decolagem, não é? — Ela apertou o cinto mais uma vez.

— Sim, senhorita. E aconselho a mastigar esses doces que a comissária deu, pois você vai sentir um desconforto nos ouvidos por causa da pressão. Mas logo vai passar, não se preocupe.

A garota me fitou, e notei o espanto em sua face redonda. Tinha as maçãs do rosto proeminentes e rosadas, cílios longos que ressaltavam os olhos castanhos, e lábios grossos e vermelhos.

— Você acha que tem o risco de estourar meus ouvidos? — questionou e, com as mãos trêmulas, colocou na boca uns três chicletes de menta. Ela os mastigou como se toda sua existência dependesse disso.

— Isso não vai acontecer. Você vai ficar bem.

Nessa hora, desejei perguntar seu nome, mas ela se antecipou:

— Se me permite, poderia me dizer como se chama? Vai que a gente morre, né? Então queria saber disso antes do nosso *fim*.

Não consegui segurar o riso. Balancei a cabeça e a encarei como se ela fosse a coisinha mais dramática deste mundo.

— Meu nome é um pouquinho complicado, então pode me chamar apenas de Jae. E você? — Estendi a mão para ela, que a segurou por um segundo, mas o suficiente para eu sentir como ela estava com a palma gelada e os dedos trêmulos.

— É um prazer te conhecer, *apenas Jae*. Sou a Dominic.

Dominic. Aquele nome, definitivamente, combinava muito com ela! Talvez fosse europeia... Francesa, quem sabe? Era o que o sotaque dela ao falar em inglês sugeria.

— Se a senhorita quiser, pode segurar minha mão bem firme. Minha mãe sugeria isso nos meus primeiros voos e me ajudava bastante a passar o nervosismo. Quer tentar?

— Moço, se fosse em outra situação da minha vida, eu recusaria na hora, mas do jeito que estou... — Nem terminou a frase e pegou minha mão estendida, para soltá-la um segundo depois. — Espere aí! Você é... *comprometido*? Porque, se for, prefiro morrer agonizando a segurar sua mão desse jeito! Não seria certo fazer isso com a sua namorada, rapaz!

Voltei a encará-la e dei um sorriso travesso.

— Eu sou solteiro, se é o que deseja saber. E a senhorita também, estou certo?

Apesar de mal conhecê-la, percebi o quanto se preocupava com pequenas coisas e tive certeza de que, se ela namorasse, jamais teria se aproximado tanto de mim. Teria ficado criando suposições em sua cabecinha ansiosa.

— Desde o dia em que nasci, praticamente! — Dito isso, ela agarrou minha mão e a apertou com força, até meus dedos ficaram brancos. — Espero que possamos ter mais tempo de vida do que somente este, Jae. Meu Deus, o avião está subindo! Minha cabeça vai explodir, Senhor Jesus!

Virei o rosto e ri baixinho para ela não ver. Ficamos de mãos dadas por longos minutos. Dominic, de olhos fechados, com o fone no ouvido tocando "Learning to Breathe", do Switchfoot, apoiou a cabeça no encosto e apertou minha mão como se nunca mais tivesse a intenção de soltar.

Fazia muito tempo que eu não segurava a mão de uma garota. Por isso, uma luz vermelha se acendeu na minha mente, e meu coração quis ligar o modo alerta. Mas, de um ponto de vista racional, não senti que ela pudesse *flertar* comigo, me iludir e depois quebrar meu coração. Tudo durante um voo de três horas, diga-se de passagem.

Eu sabia que esse meu pensamento mostrava que eu era um pouco maluco e desconfiado. Mas, diante do que tinha vivido dois anos antes daquele voo, era de se esperar. Além disso, tinha aprendido com meu psicoterapeuta que essa reação era comum, pensar que qualquer garota que fosse simpática poderia acabar comigo depois. Era como uma autodefesa, já que meu lado emocional queria se afastar de mulheres novas, principalmente se elas fossem legais comigo.

— Já não basta ser feia, eu ainda preciso ser medrosa! Ai, que vergonha!

Virei-me em sua direção sem ousar soltá-la. E, do modo mais sincero que um desconhecido pode falar sem parecer que está dando em cima, porque não queria dar essa impressão a ela, eu lhe disse:

— Senhorita, não sei o que ou *quem* te fez pensar que você é feia, mas preciso dizer que isso é uma mentira. Não se enxergue dessa forma, está bem? Não tem nada a ver com aquilo que Deus pensa a seu respeito.

Expectativa *versus* realidade: se pudesse, teria dito que ela estava *perfeita* naquela manhã. Porém, num mundo tão cheio de sujeira, poderia soar atirado demais.

— Além disso, não é vergonhoso ter medo! Você está, na verdade, enfrentando um gigante. Imagina quantas pessoas se recusam a andar de avião por medo e perdem a chance de conhecer lugares incríveis, de viver experiências maravilhosas e o novo de Deus? Mas pessoas como você encaram o medo ao invés de fugir. Nunca perca essa essência!

Suas pálpebras tremeram. Ela me fitou ao abrir os olhos e respirou fundo, como se tivesse acabado de acordar de um pesadelo.

— Você é o quê? Um anjo?

— O quê?! — Soltei uma gargalhada. — Por que acha isso?

— Sei lá, é que orei antes de sair de casa pedindo a Deus que enviasse *anjos* para me ajudarem quando eu não soubesse o que fazer e que me afastasse de gente mal-intencionada. Você parece ser gente boa. — Arqueou uma sobrancelha. — Ou está apenas encenando e trabalha sequestrando meninas indefesas para a rede de tráfico humano? Se for, digo logo que não vai adiantar! Assisti *Busca implacável* com o vovô e consigo gritar bem alto. Tipo, muito alto!

Do nada, Dominic soltou minha mão e cruzou os braços.

Ela fala mesmo o que dá na telha?

Não consegui segurar o riso de novo. Estar ao lado daquela garota era como viver patinando na alegria, sem saber qual seria a próxima frase que ia me arrancar uma risada sincera, algo raro no meu dia a dia agitado e cansativo.

— Você acha que eu contaria para você se fosse um criminoso, Dominic?

— Bingo! — exclamou, dando-se por vencida. Senti o gosto da vitória!

— Além do mais, acho que não sirvo para o mundo do crime. Porque, ao invés de enganar as pessoas, acabaria sendo enganado por elas. — Dei de ombros. — Agora, você me parece ter talento para a coisa!

O peito dela tremeu de tanto que riu. Colocou a mão sobre a boca para tentar abafar, mas parou de repente quando algo chamou sua atenção e ficou séria.

— Meu Deus, o céu está tão lindo! Olha só essas nuvens, parecem algodão-doce! — Apontou para a janela.

Ajeitei minha postura na cadeira e vi que estávamos a uma boa altitude. Então, o piloto anunciou que estávamos realmente a dez mil pés, e o aviso de atar os cintos foi desligado. Por isso, desafivelei o meu e ajeitei a postura para ficar quase de frente para ela.

— Troque de lugar comigo, assim poderá vê-las melhor.

— Tem certeza? — Seu rosto se iluminou.

Sorri sem mostrar os dentes e balancei a cabeça, afirmando. Tirei o fone do ouvido e fiquei de pé para lhe dar passagem. Logo Dominic tomou meu assento e ficou admirando as milhares de nuvens brancas, aglomeradas como em um verdadeiro oceano. Deu para ver o quanto estava encantada.

— Deus é perfeito em tudo que faz, né? — sussurrou, emocionada.

— Sim, e ele foi perfeito quando criou você — respondi, sem medo dessa vez.

Lágrimas desceram pelas bochechas de Dominic, como um riacho de águas cristalinas que brota direto de uma fonte escondida. Puxei do bolso um lenço listrado, no qual minha avó bordara minhas iniciais, KJW, e o estendi para ela com o outro lado do fone. Por um segundo, achei que fosse recusar, mas esse ato a fez soluçar. A menina colocou o objeto pequeno no ouvido e passou suavemente o lenço em seu rosto vermelho. Eu quis perguntar o que a havia deixado tão emocionada, porque certamente não era devido apenas às nuvens. Devia ter algo mais profundo e doloroso relacionado a isso. Contudo, preferi não invadir sua privacidade.

Ainda assim, em seu próprio tempo, ela decidiu quebrar o silêncio:

— Tudo parece tão pequeno daqui de cima! Faz os meus problemas, antes assustadores, ficarem minúsculos diante de um Deus tão grande! Como se aquilo que tira a minha paz, olhando dessa perspectiva, não significasse mais nada. — Ela continuou admirando a paisagem pela janelinha da aeronave.

Não a conhecia, mas isso não me impedia de ser um canal de Deus em sua vida. Não foi para isso que Jesus nos chamou? Se Cristo estivesse naquele voo com Dominic, teria aproveitado a oportunidade para lembrá-la de seu valor inestimável e de seu chamado para frutificar para a glória dele. Por isso, antes de responder, respirei fundo e pedi inspiração ao Espírito Santo para escolher as palavras certas.

— Sabe o que acho mais incrível, senhorita? Como Deus se importa com cada um de nós, criaturas que, observando de certas altitudes, são tão miúdas que chegam a desaparecer. Mas ele nunca nos trata com indiferença! O mundo pode nos ver com desprezo, mas Jesus, não. O Senhor nos chama de filhos amados! E espero, de todo o coração, que esses problemas não roubem mais sua paz. Você não merece viver assim. Sinto que há um propósito lindo à sua espera, e ele quer te encontrar com o coração cheio de fé!

— Além de anjo, você ainda é profeta? — brincou em meio às lágrimas. Ela podia perder tudo, menos a piada.

— Serei o que precisar, senhorita. Estou à disposição. É só chamar!

Ela deu um risinho e voltou a ficar em silêncio, contemplando as nuvens. Conforme os minutos se passaram e as músicas tocavam baixinho no fone de ouvido que eu lhe havia emprestado, Dominic pegou no sono, com o rosto perto da janela. Estava encolhida no banco, e o clima na aeronave tinha esfriado bastante. Então acenei para uma comissária de bordo e pedi que trouxesse um cobertor. A moça me atendeu prontamente, e cobri Dominic com a manta do mesmo tom de verde das poltronas. Alguns cachos caíam no rosto dela, e seu semblante, em vez de assustado ou triste, agora estava tranquilo.

De modo inesperado, a sensação de *déjà-vu* voltou, e me fiz a mesma pergunta que rondara minha mente nos primeiros minutos em que tínhamos começado a conversar: quando a viagem acabasse e o avião pousasse, o que faríamos? Diríamos adeus e cada um seguiria o seu rumo, como se nunca tivéssemos nos conhecido?

O alerta vermelho em minha mente se acendeu de novo, mas dessa vez anunciando um medo diferente. Agora, eu temia nunca mais ver Dominic e seu senso de humor dramático e estranhamente encantador.

4

Talvez esse seja o nosso adeus ou apenas um até logo

JAE

Não havia muito a ser feito, a não ser aceitar o fato de que talvez eu nunca mais visse Dominic e seu senso de humor catastrófico. O comandante tinha acabado de avisar que íamos nos preparar para o pouso, e tudo o que me restava era acordá-la. Eu não fazia ideia do seu destino final, mas provavelmente Dominic pegaria um novo voo em São Paulo e depois seguiria para o seu país de origem.

Se eu estivesse em outro momento da minha vida, ou menos inclinado a me deixar levar pela emoção borbulhante no meu peito, eu nem teria me importado com o fato de nunca mais encontrar uma pessoa que havia acabado de conhecer. Contudo, nossa conexão quase instantânea durante o voo me fez pensar que talvez eu sentiria falta dela após nossa despedida.

Era um sentimento parecido com o que tivera no último ano da escola: doía saber que eu não veria mais meus colegas de turma todos os dias, pois cada um tomaria um rumo na vida, e nossos interesses com o tempo também mudariam. Nada mais seria como antes. E eu tinha certeza de que, quando desembarcássemos, ela iria para um rumo e eu, para outro. Mas por que isso me incomodava tanto? Só havíamos tido pouco menos de quatro horas de contato, e, na maior parte dele, ela havia dormido!

— Dominic... Dominic... Acorda — sussurrei em inglês, sacudindo-a devagar pelo ombro. — Nós já vamos pousar, e a cadeira tem que voltar à posição vertical. Logo a comissária virá dizer o mesmo, não é chatice minha.

— *Hmm...* — murmurou ao se revirar no assento. — *O que foi? Aconteceu alguma coisa?*

Arregalei os olhos. Agora era a minha vez de ficar espantado!

— Espere aí, você acabou de falar em português? Dominic! — Sacudi seu ombro de novo.

Devagar, sua alma voltou para o corpo. Então, de repente, ela deu um pulo no banco e me encarou, assustada.

— O quê? Você fala português fluente? Cara, você é o bichão mesmo! — Ergueu os polegares e bocejou. — Se eu soubesse disso antes, não teria gastado todo o meu inglês contigo! Você não tem noção do quanto eu estava nervosa e com medo de errar alguma palavra!

— Calma aí! Acho que preciso me apresentar adequadamente. — Coloquei a mão no peito. — Meu pai é coreano e minha mãe, pernambucana. Nasci na Coreia do Sul, mas moramos em São Paulo desde que eu era pequeno, e eu me considero brasileiro. Tenho até dupla cidadania! Só falei em inglês com você porque achei que fosse europeia.

— Você só pode estar de brincadeira comigo! — Deu um tapa no meu braço e se acabou de rir. — Eu também sou brasileira, seu doido! Nasci no Maranhão, e é a primeira vez que saio de lá. Só conversei em inglês porque pensei que você fosse gringo.

Ambos rimos da louca e fascinante coincidência. É, talvez nem tudo estivesse perdido.

— Senhorita? — A comissária de bordo apontou para a cadeira em que Dominic estava. — Poderia retornar o assento para a posição vertical e afivelar o cinto? Já vamos pousar!

— Oh! Desculpa, vou ajeitar. — Logo ela fez o que a mulher tinha pedido. — Quer dizer que já chegamos em São Paulo? Foi muito rápido!

— Para uma pessoa que dormiu a viagem inteira enquanto ouvia a melhor seleção de músicas do rock gospel, deve parecer ter acontecido num piscar de olhos mesmo. — Cruzei os braços e arqueei as sobrancelhas.

— Pare com isso, homem! — Ainda exibindo seu belo sorriso, tirou os fones dos ouvidos e os estendeu a mim. — Muito obrigada. Você me salvou de tantas maneiras, que nada que eu fizer vai te recompensar.

— Eu faria tudo de novo, Dominic. E acho que você ainda vai precisar dos fones, porque o pouso não é tão tranquilo quanto a subida. É um pouquinho mais emocionante.

Empurrei-os de volta e apontei para a janela. Dava para ver o avião inclinando-se para o lado e começar a sentir a pressão da descida.

— Quer dizer que escapamos com vida da decolagem porque nossa morte será durante o pouso? — Dominic uniu as mãos na frente do rosto e fechou os olhos com força. — Oh, Deus de Abraão, Isaque e Jacó, tu és um Deus de vivos! Se eu morrer, como posso te adorar? Livra-me dessa cova! Faça-nos pousar na mais perfeita paz e segurança!

Essa tinha sido, sem dúvida, a oração mais engraçada que eu já ouvira! Até tossi para disfarçar, mas não consegui me segurar e comecei a rir. A garota aparentava ter uns parafusos a menos, e era justamente isso o que me fazia apreciar tanto sua companhia. Ela era um raio de sol, e eu não queria me afastar. Preferia sentir seu calor em vez de retornar para debaixo de uma sombra cinzenta.

— Ei! Respire fundo, puxando o ar pelo nariz e soltando pela boca, bem devagar — orientei. — Acredite, nós vamos ficar bem! O mesmo Deus que esteve conosco na subida continua na descida. Porque ele não fica ao nosso lado somente nas maiores altitudes, mas permanece com a gente em nossos abismos.

— Você prega a Palavra até nos nossos últimos suspiros? Cara, como você é crente! Pelo amor de Deus Pai, *essa pressão nos ouvidos está forte demais*!

Rapidamente, ela recolocou os fones nos ouvidos, agarrou minha mão, apertando-a, e, com a mão livre, se cobriu com a manta da cabeça aos pés. A única coisa para fora era seu braço esquerdo.

Ver aquela cena me fez rir da forma mais contida que consegui, pois não queria que parecesse caçoar dela. No entanto, percebi o quanto era impossível estar ao lado de Dominic e manter uma pose séria. Não sabia se ela se dava conta disso, mas carregava uma luz forte e contagiante. Ela seria capaz de fazer a pessoa mais carrancuda soltar uma gargalhada sincera.

Nesse ínterim, a equipe de comissários de bordo e os passageiros dos assentos premium a encararam com julgamento e cochicharam sobre sua atitude. Contudo, preferi deixá-la em seu casulo a obrigá-la a corresponder às expectativas alheias. Se fosse para passar vergonha, passaríamos juntos! Não fazia sentido ligar para o que estranhos pensavam a nosso respeito, se o que achavam ou deixavam de achar não acrescentaria nada na nossa vida. Eram pessoas que faziam parte da nossa rotina, para quem pedíamos ajuda e conselhos? Não! Então, era melhor deixar de lado as opiniões de quem não compartilhava da nossa existência e muito menos da nossa fé. Porque eles não construiriam coisa alguma, só nos aprisionariam em traumas, quando já tínhamos tantas feridas a serem curadas.

Apertei sua mão de volta e a massageei com o polegar. Conforme o avião descia, a pressão aumentava e Dominic tremia. Quando a aeronave pousou e suas rodas encontraram o chão, ela tirou o cobertor do rosto e me encarou.

— O que está acontecendo? Por que esse tremelique todo?

— Isso significa que aterrissamos em solo firme e estamos vivos.

— Ah! Graças a Deus! Ainda tenho chances de me casar e ter dois filhos! *Que alívio*! — falou um tanto alto.

Um segundo depois, lá estava Dominic com o rosto pegando fogo de tão vermelho. Largou minha mão bruscamente e disfarçou seu embaraço dobrando o cobertor e mantendo os olhos fixos na janela, sem ousar me fitar. Até que a voz do comandante soou nos alto-falantes:

— Agradecemos por escolher voar com a Day Airlines e esperamos nos encontrar mais vezes pelos ares. Tenham todos um Feliz Natal e um Ano-Novo de muita prosperidade! Cuidem-se e aproveitem bastante a família! Não se esqueçam de que a magia está em amar o próximo como a nós mesmos.

Nessa hora, desejei fazer como o piloto e dizer a Dominic que esperava encontrá-la outra vez, mas não somente no ar, poderia ser por terra mesmo ou pelo mar, onde quer que Deus permitisse. Porém, como tocar nesse assunto sem soar como um galanteador de meia-tigela? Eu nem tinha coragem de pedir seu e-mail para trocarmos mensagens no MSN!

— Senhoras e senhores passageiros dos assentos premium, vocês vão desembarcar primeiro pela porta dianteira. O restante dos passageiros deve aguardar em seus assentos até que seu desembarque seja liberado — disse uma mulher no alto-falante.

— Temos que ir — falei com pesar.

Desafivelei o cinto e me levantei primeiro. Coloquei a alça da bolsa no ombro e esperei por Dominic; queria pelo menos sair com ela da aeronave. Ela me devolveu o iPod prata e colocou a mochila nas costas antes de me seguir. Andamos em silêncio no túnel que nos levava para a área de desembarque. Parecia que algo também a estava inquietando.

Fomos para o local da restituição de bagagens. A minha equipe andava logo atrás, como se estivessem dando espaço a nós dois. Paramos ao lado da esteira e continuamos calados, aguardando nossas malas surgirem junto às dos outros passageiros.

— Vixe, preciso tirar meu celular do modo avião! — ela anunciou ao vasculhar sua mochila preta de couro.

Também precisava desativar essa função no meu, mas a vontade era mínima, porque sabia que receberia uma enxurrada de SMS dos meus amigos, que ficaram de me buscar no aeroporto. Não queria ir embora ainda. Precisava de tempo para me despedir dela.

— Jesus amado! Por que essa maluca mandou tanta mensagem? — Dominic exclamou ao passar os dedos na tela. — *Céus*! Eu sabia que isso aconteceria!

— O que houve?

— Minha prima ficou de vir me buscar, mas disse que vai se atrasar bastante, e estou morrendo de fome. Nem serviram uma água naquele voo!

— Oh, esqueci! Guardei o seu lanche comigo para te entregar quando acordasse. — Abri a bolsa e peguei o sanduíche enrolado em vários guardanapos.

— Você é mesmo um anjo, *apenas Jae*. Vou comer enquanto aprecio um bom café e espero a atrasada da minha prima. Ah! Lá vem a minha mala!

Dominic guardou a comida na mochila e se preparou para pegar a bagagem. Então, agi sem pensar duas vezes: puxei o celular do paletó e desativei o modo avião. Rapidamente chegaram várias mensagens de meus amigos, como previsto, perguntando se eu já havia aterrissado. Como só dava para enviar SMS a uma pessoa por vez, selecionei o contato de um deles e digitei na velocidade da luz:

Cheguei, mas não vou embora agora. Tomarei um café com uma garota. Apareçam só quando eu disser, está bem? Não venham antes! Só daqui a uns quinze minutos.

Guardei o aparelho no bolso e dei um passo em direção à esteira.

— Deixa que eu pego pra você. É essa vermelha? — questionei ao olhar para ela e depois para a mala gigante deslizando ao nosso encontro.

Ela assentiu, e logo peguei aquele *trem*, que devia pesar uma tonelada. Era inevitável não fazer uma careta. Ela riu do meu esforço.

— Acho que, se fosse uma casa, pesaria menos. Só um café para me ajudar a recuperar as energias que gastei! — eu disse, claramente com segundas intenções, porém eram as mais puras possíveis.

— Você não vai embora com eles? — Apontou para meus companheiros de viagem.

Virei-me e dei de cara com o pessoal me esperando.

— Só um minuto. — Ergui o dedo indicador para sinalizar meu afastamento.

Dei uma corridinha e me despedi de cada um, agradecendo por toda ajuda e dedicação em nossa missão no Maranhão. Eles se curvaram em respeito numa reverência longa. Três deles, eu não veria por um tempo, pois voltariam para os Estados Unidos. Então uma das senhoras norte-americanas pegou minha mão e disse:

— Você é um rapazinho de ouro, príncipe Jae-won Kim. Seu pai tem muita sorte de ter um filho como Vossa Alteza. A empresa da sua família está em boas mãos, e você tem um talento divino! Continue com seus projetos de arquitetura. Não há título grande o bastante que possa impedi-lo de viver seus sonhos!

Esperava que ninguém tivesse ouvido. E, graças a Deus, ela tinha falado em inglês, porque essas coisas me deixavam desconfortável e com muito medo. No passado, meus avós sofreram muito por esse tipo de exposição; tinha sido quase *fatal*. Apesar de a imprensa nunca ter sido autorizada a me fotografar, nem a meus pais e irmãs, em eventos oficiais para os quais éramos chamados a fim de representar os últimos descendentes da realeza sul-coreana, eu não gostava de quando nos viam a partir de um título em vez de nosso trabalho duro e por quem realmente éramos.

Quando a despedida terminou, voltei, peguei minha mala e parei diante de Dominic. Suas sobrancelhas estavam arqueadas. Não havia notado que ela tinha se aproximado demais de mim, o suficiente para ter ouvido tudo que a mulher me dissera.

— Aquela senhora te chamou de quê? — perguntou.

Passei os dedos nos cabelos e mirei o chão.

— O que exatamente você ouviu?

— Acho que ela deve estar brincando. Não é possível que você seja um... *príncipe*!? Isso, não! — Soltou uma gargalhada nervosa. — Esses negócios de realeza não existem mais.

— Desculpe, Dominic, mas eu não podia falar sobre isso no voo. É confidencial, e meus pais me matariam! No sentido figurado, claro. Enfim, deixe que eu me apresente outra vez: sou o príncipe Jae-won Kim III, às suas ordens. Só peço que não conte isso a ninguém.

5

Entre cafés e palavras amargas

DOMINIC

Aquele garoto só podia estar de brincadeira com a minha cara! Porque não era possível que ele fosse mesmo um príncipe. Desde quando ainda existia família real na Coreia do Sul? Pelo que eu sabia, o país era uma república democrática! Bom, esse era o lado racional falando, porque o emocional estava em colapso. E meu coração, descompassado. Os olhos quase saltando das órbitas e minha boca escancarada não deixavam dúvidas de que eu estava em choque, passada e engomada! Pensando bem, até fazia um pouco de sentido, diante do seu jeito de se comportar e tratar uma garota, mesmo uma desconhecida. Mas, fora isso, não havia absolutamente nada que comprovasse a veracidade da titulação.

A mulher disse que o pai dele tinha uma empresa, não é? Então, talvez...

— Você é um príncipe herdeiro? Tipo, ser chamado de príncipe é um jeito carinhoso para se referir aos filhos dos ricos?

— Venha. No café, eu explico. — Ele colocou a mão no meu ombro e me conduziu ao portão principal, em direção à área de desembarque.

— Se você estiver tentando me enganar, eu não vou te perdoar e vou perder a minha salvação. Está me ouvindo, Jae?! — Fuzilei-o com o olhar.

— Estou certo de que sim, senhorita.

— Para de me chamar assim, por favor. Está me dando arrepios!

Deixei que ele me levasse para o tal café. Não prestei atenção na fachada nem no balcão com os doces e salgados — em absolutamente nada! Eu só queria me sentar em algum lugar e acalmar os nervos, que estavam prestes a explodir. Enquanto ele pedia nossas bebidas, me joguei na cadeira com encosto de metal em formato de coração e encarei, sem expressão, as pessoas passando com bagagens. Cada uma com sua realidade, e eu lá, tentando assimilar uma coisa que nem era da minha conta e mais parecia uma história da carochinha.

O bonito, após fazer os pedidos e pagar a conta, tomou o assento à minha frente. Jogou a franja loira para trás, mordeu o lábio inferior e começou a balançar o joelho, sem conseguir me encarar. Eu não aguentava mais seu silêncio, muito suspeito para o meu gosto, então disparei:

— Vou repetir, Jae: se você estiver tirando uma comigo, vou ficar profundamente chateada. Pensei que fosse uma pessoa bacana, mas dizer uma coisa dessas, com a cara mais limpa do mundo, não é justo.

— Olha, eu *nunca* falo dessas coisas porque meus pais me proibiram, por ser perigoso. Já tivemos sérios problemas na família por conta disso. Assim, acaba que é só um título que nem posso usar, mas também do qual não consigo fugir — argumentou, parecendo arrependido, como se isso fosse um segredo que não pudesse contar, mas deixara escapulir sem querer.

— Se você é um príncipe de verdade, por que estava vindo num avião comercial? Cadê o seu jatinho particular, Vossa

Alteza? — disse com amargura. — Ou não teve condições de investir na sua pilantragem?

— Não é como você está pensando. — Abaixou o olhar e encarou as próprias mãos. — Quando eu digo que é apenas um título, realmente é só um título. Mas, pelo fato de isso chamar atenção, acabamos não usando, a não ser em eventos oficiais, quando somos convidados para representar os descendentes da família real coreana. Ainda assim, ninguém pode nem sequer nos fotografar, por motivos de segurança! Enfim, me perdoe pela confusão, senhorita Dominic.

— Por favor, não me chame mais desse jeito, senão vou ficar maluca, acreditando que você é mesmo um príncipe!

Jae balançou a cabeça, derrotado, e não olhou mais para mim. Nesse instante, o café chegou com bolos e salgados, e o garçom os dispôs sobre a mesa circular. Mas minha fome tinha ido embora. Como fazia horas que eu não comia nada, ainda mais sendo eu uma pessoa que amava um rango, aquilo era novidade. Minha única vontade era ir embora e nunca mais ver aquele garoto. Tudo estava indo tão bem e, do nada, tinha mudado drasticamente. O voo tinha sido tranquilo e, apesar dos meus chiliques, ele me ajudara quando eu mais precisava, mas dizer que era um príncipe? *Me poupe!* Será que ele contava essa história para toda menina ingênua que cruzava seu caminho, na vã tentativa de conquistá-la? E eu achava que ele era crente! No entanto, um filho de Deus com coração sincero não ficaria por aí contando histórias absurdas.

— Creio que estou te deixando desconfortável. É melhor eu me retirar. — Jae se levantou da cadeira. — Sinto muito, Dominic. Queria me despedir de você de outra forma e fazer um convite, pois imaginei que, se passássemos mais algum tempinho conversando, acabaríamos nos tornando amigos. Mas, de qualquer forma, foi um prazer voar ao seu lado, e acho que sou incapaz de me esquecer de hoje. Por favor, tenha uma vida leve e sem mágoas, ok?

— Ok. — Foi tudo o que fui capaz de responder. Se eu falasse mais alguma coisa, por pequena que fosse, seria uma grosseria tremenda.

— Adeus, Dominic. — Essas foram suas últimas palavras antes de sumir da minha vista arrastando a mala.

O barulho de centenas de rodinhas encheu minha mente e senti a cabeça rodar. Uma voz interna gritou: Pressão baixa! Coma alguma coisa, Dominic!

Eu não podia passar muito tempo sem ingerir nada, senão me dava hipoglicemia e eu podia desmaiar — o que já tinha acontecido várias vezes, principalmente na adolescência, quando eu inventava dietas mirabolantes para emagrecer dez quilos em um mês, e aquilo só faltava me matar. Infelizmente, eu nunca havia aceitado meu peso, porque as pessoas se incomodavam com meu corpo — até mais do que eu — e viviam fazendo piadinhas sobre isso ou me dando apelidos. O mais "gentil", ironicamente falando, era o clássico "baleia Free Willy". Quem nunca, não é? Toda garota e todo garoto acima do peso, nascidos entre os anos oitenta e noventa, já devem ter sido chamados assim. Contudo, o que achavam ser só uma brincadeirinha de criança, uma bobagem, fazia a gente crescer se sentindo pior do que os outros pelo simples fato de ter alguns quilos a mais.

Não era justo pessoas se sentirem menos bonitas, menos importantes, menos merecedoras de amor só porque tinham mais gordura em seu corpo. Também achava injusto alguém se aproximar de você, fingir simpatia e até dizer que era cristão, ousando dizer palavras que pareciam ter vindo do céu, quando na verdade era um impostor, um vigarista que queria tirar alguma vantagem sua! Sério, que feio! Exatamente como havia acontecido comigo no passado! Era como se eu estivesse assistindo outra vez a um filme antigo e eu conhecesse tão bem o enredo, que aquilo doía em meus ossos, porque sabia que o final não seria feliz.

Ok, naquela hora eu tive vontade de chorar, porque tinha gostado do Jae. Não no sentido romântico, claro. Afinal, que maluca se apaixonava à primeira vista? Mas ele parecia um rapaz legal.

Suspirei e mordi um pedaço do croissant de frango, e ele derreteu na minha boca. Uau! É como estar comendo algodão-doce feito de massa amanteigada! Ao ver meu nome escrito com pincel atrás do copo branco descartável, peguei a bebida e tomei um gole do café especial. Estava... divino! Uau!, precisei exclamar outra vez, pois era uma verdadeira experiência gastronômica numa cafeteria. Olhei para cima e... bingo! Era uma filial da Miss Coffee, a empresa que havia me contratado.

Então, quando vi o copo em que estava anotado o nome de Jae, meu coração estremeceu. Talvez eu tivesse sido muito grossa com ele. Mas como não ser? O rapaz tinha contado uma história tremenda, como esperava que eu o tratasse? Dei mais uma mordida generosa no salgado e tomei um longo gole do café, que quase queimou minha garganta. Acho que não vou conseguir dormir essa noite com o coração pesado desse jeito.

O Jae até podia ser um pilantra, mas e se eu o encontrasse e dissesse algo que não fosse tão pesado? Porque, sem dúvida, eu o havia tratado de forma bem diferente de como aquelas pessoas se despediram dele, com muito respeito e reverências. Não é melhor ir até ele e dizer que Jesus tem poder para mudar seu caráter mentiroso, como fez com Jacó, que deixou de ser enganador para se tornar Israel?

Levantei-me, segurei a alça da mala e a arrastei pelo aeroporto em direção à saída, ainda com o copo branco na mão. Na logo, uma alpaca parecida com a do chaveiro de Jae, o impostor. Um desespero tomou conta de mim e comecei a correr como se estivesse prestes a perder um voo caríssimo para Miami.

O aeroporto era maior que o do Maranhão e se assemelhava a um shopping, pela quantidade de lojas, restaurantes e lanchonetes. Todos tinham decoração natalina, uma mais linda e chique que a outra, como se estivessem competindo para ver qual chamava mais atenção. Era tanta informação que me perdi no aglomerado de empreendimentos ao vislumbrar uma árvore de Natal no saguão principal. Até que avistei uma placa amarela na parede, em que estava escrito "saída", e segui em sua direção.

A porta dupla de vidro se abriu com minha aproximação e fui saudada pelo vento frio daquela tarde nublada. Devia estar fazendo uns dezoito graus, o que, para uma maranhense como eu, era frio pra caramba! Suspirei outra vez e olhei para todos os lados em busca do suposto príncipe Jae-won Kim III. Era tanta gente entrando e saindo daquele lugar que não conseguia encontrá-lo, mas ouvi uma voz conhecida em meio à multidão.

Andei mais um pouco para perto da faixa de pedestres, onde havia muitos táxis brancos recebendo passageiros, e o vi com as mãos nos bolsos enquanto dois rapazes de terno o rodeavam. Pareciam seguranças. Consegui ouvir de longe o que um deles, que também parecia coreano, dizia ao Jae:

— Cara, sinto muito! Fomos em casa trocar de roupa e colocamos um terno bacana para impressionar a garota. Queríamos que ela visse como *Vossa Alteza* é mimado por nós. — Deu um tapinha no ombro dele para confortá-lo.

— Para com isso e vamos embora! Temos compromisso daqui a pouco, estão lembrados? Vocês não podem me deixar na mão. — Bufou.

O outro rapaz, que mais parecia um modelo, mais alto que os dois e de pele negra, falou enquanto guardava a bagagem de Jae no carro:

— Claro que vamos, mano! Mas, poxa, eu entendo a menina. Se alguém que nunca vi na vida chega para mim e diz que é um príncipe de um lugar que nem é mais uma monarquia, eu chamaria os guardas e pediria para levá-lo ao hospital mais próximo, porque certamente ele não está nada bem da cabeça!

Eu até quis alcançá-los e pedir que explicassem aquela história direito, mas uma multidão apareceu na minha frente, me impedindo de me mover. As pessoas, que deviam estar num grupo de excursão, barraram qualquer centímetro da passagem. Fiquei na ponta dos pés, larguei a mala e acenei bem loucamente.

— *Jaaaae!*— berrei o mais forte que consegui, mas aquele povo falava demais. Nem eu me ouvia direito, quem dirá o coreano! — Com licença! Por favor, me deixa passar! A senhora pode sair da frente, por gentileza? — Tentei, em vão, atravessar aquele mar de gente desconhecida e barulhenta.

Quando a multidão enfim entrou num ônibus de dois andares rumo à praia de Santos, não havia nem rastro de Jae e seus fiéis escudeiros. É, o rapaz tinha ido embora e levara de brinde as palavras amargas que eu tinha dirigido a ele. Fiquei parada ali, próximo à faixa de pedestres, sem aceitar aquele fim, enquanto minha cabeça martelava uma pergunta que não queria se calar. Embora houvesse apenas um por cento de chance de ser verdade, ainda era maior do que zero: *E se Jae-won for mesmo um príncipe coreano?*

6

O peso que afunda corações

DOMINIC

— Está empolgada para mais tarde, nenê? — perguntou Belinha, minha prima, enquanto dirigia seu Fiat Uno vermelho.

— Se eu pudesse, iria direto para sua casa, me deitaria na cama, choraria de cara para a parede e não me levantaria tão cedo! — respondi, amarga.

Não quis ver a expressão de horror de Belinha, por isso virei o rosto e contemplei a Avenida Paulista através da janela do carro. Eu nunca tinha visto tantos prédios em minha vida! Estava impressionada com aquela selva de pedra.

— Me diz logo o que aconteceu nesse voo para ter deixado você dessa forma! Foi tão assustador assim? Ou desconfortável? Porque fiz de tudo para a empresa pagar pela classe executiva e para você chegar no dia do nosso evento.

Ponderei por alguns segundos se teria coragem de contar a ela o que realmente havia acontecido comigo. A história do príncipe Jae-won Kim III, de como tínhamos nos conhecido e como tudo havia terminado numa catástrofe. Achei melhor não. Deixaria para outra hora, porque, se pensasse nisso àquela altura, minha cabeça ia latejar!

— Belinha... — sussurrei apertando as têmporas. — Me perdoa, tá? Prometo que vou me esforçar para parecer a pessoa mais feliz e bacana nesse evento da empresa.

— Prima, não quero que você fique lá fingindo simpatia. Seu bem-estar importa para mim. Além do mais, eu contei para todo mundo que você é gente boa e animada. Aí te levo, e eles recebem essa impostora?!

— Falando assim, pareço *A usurpadora*! — Dei uma risadinha. — Mas, é sério, prometo que vou me comportar. Acho que as coisas vão voltar ao normal depois de tomar um banho, comer alguma coisa substanciosa e tirar uma soneca. Acordei de madrugada para pegar o primeiro ônibus para São Luís. Apesar de ter dormido no voo, ainda me sinto cansada.

— *Soneca*? Nem pense em dormir, mocinha! Vamos almoçar agora num restaurante bacana, depois vamos ao ateliê para buscar nossos vestidos e, de lá, vamos direto para o salão de beleza, porque hoje a noite promete! Imagine só, você terá a *honra* de participar do nosso baile de Natal. Não pode aparecer lá de qualquer jeito!

— O que tem de mais nessa festa? Não é apenas uma confraternização de final de ano? Eu sei que é igual às outras, só que mais glamourosa.

Se antes eu estava empolgada com aquilo, agora só queria fugir. *Ai, que saudade do meu Maranhão!* Para que eu tinha inventado de sair de lá? Que mal havia em viver linda, feliz e segura na minha zona de conforto?

— Eita, você está mais venenosa que uma cobra naja. Tenho pena de quem se sentou ao seu lado no avião! Essa pobre alma sofreu!

— Aquele ali teve foi sorte de eu não ter chamado a polícia! — desabafei.

— *O quê?!* — Ela tirou a visão da avenida e focou em mim. — Algum pervertido deu em cima de você no voo? Me conta logo isso, Dominic Sanchez! Agora você está sob a minha responsabilidade! Se acontecer alguma coisa contigo, não importa o que seja, precisa me dizer!

— Ele não era nenhum pervertido!

Ainda que eu não soubesse exatamente a razão, ouvir Belinha se referir ao Jae com aquela palavra medonha não parecia justo, por isso tinha gritado. Tudo bem que eu o havia chamado de pilantra, bandido, impostor e outras coisinhas a mais na minha mente, porém ele não tinha sido um safado em nenhum momento. Pelo contrário, tinha sido respeitador, um perfeito *príncipe*.

— Agora fiquei confusa! Você disse que ia chamar a polícia, mas o está defendendo. Poderia me explicar, antes que eu comece a pensar que o problema todo nessa história é você? — Ela me lançou seu olhar matador.

Não tive escapatória, precisei contar a ela. Durante nosso almoço espetacular em um restaurante na Avenida Paulista, narrei o episódio. Só retirei os detalhes mais comprometedores, como a mentira sobre fazer parte da realeza, e não o descrevi fisicamente — apenas disse que era muito bonito, apesar do cabelo pintado de loiro. Belinha escutou com atenção, como uma boa fofoqueira. De lá, fomos para o ateliê e, durante a prova do vestido, ela fez questão de pedir a opinião da costureira, dizendo que aquilo tinha acontecido com a amiga de uma amiga dela. O veredito da mulher: a tal amiga da amiga dela tinha o risco de morrer solteira.

Você acha que acabou por aí? Claro que não! Eu não tinha dito que a Belinha era uma Maria Fifi? Durante os procedimentos estéticos torturantes no salão de beleza, queriam me obrigar a alisar o cabelo. Mas falei que jamais me sujeitaria àquilo novamente, pois tinha sofrido muito na adolescência para me desapegar da chapinha.

Escapei para tomar um banho no banheiro apertado dali. Nisso, Belinha fez a proeza de dizer que conhecia uma garota muito decidida, mas que costumava fugir quando se tratava de assuntos sentimentais.

Logo a mulherada deu sua opinião, e vi que minha prima só queria conseguir relatos de pessoas que pensavam exatamente como ela. Todas disseram o mesmo: que a amiga da amiga de Belinha tinha razão em ser tão desconfiada, porque não se podia confiar em todo homem que encontrávamos por aí — eram mais experientes e desesperançosas que eu. Contudo, se eu pensava o mesmo que elas, diferente de minha prima, que dava a Jae o benefício da dúvida, por que meu coração continuava doendo?

Já dentro do carro, usando nossos vestidos elegantes e depois de buscarmos o noivo de Belinha na casa dele, deixei que ela lhe contasse a versão com cortes da história. Ricardo era um rapaz crente e muito temente ao Senhor, pelo que eu soubera, então poderia dar uma opinião melhor.

Enquanto ouvia minha prima desembuchar, senti um peso afundar meu peito e me lembrei de alguém que fora esquecido por horas: o Espírito Santo. Tinha ouvido tanta gente, mas não o havia buscado para ter respostas sobre o que estava sentindo. Fechei os olhos ali mesmo, no banco de trás do carro, e fiz uma rápida oração.

Embora as milhares de perguntas não tivessem sumido, ao término da prece tive uma certeza: precisava do perdão de quem tinha me mandado liberar palavras de bênção e transformação sobre as pessoas. Pois não era certo sair por aí lançando amarguras, ainda mais para quem eu nem conhecia e nem sabia quais traumas carregava. Se eu não quisesse acreditar, era meu direito, mas ofendê-lo tinha sido um pouco demais.

Pensando bem, ele pagara pelo meu café, guardara um sanduíche que eu nem tinha comido, me emprestara seu iPod, me cobrira com o cobertor e segurara minha mão quando eu tinha precisado. Apesar de não saber qual a real intenção de seu coração por trás de cada ato, eu não tinha controle algum sobre isso. A única coisa que eu podia controlar era minha forma de corresponder, e eu tinha escolhido agir com rancor.

Após muito ouvir e pensar, Ricardo deu seu veredito:

— A nenê fez certo! — *Nenê* era o apelido constrangedor que meus avós colocaram em mim, e todos da família me chamavam desse jeito. — O cara pode parecer um *príncipe* por fora, dizer que é crente, mas o que garante? Ele tinha alguma testemunha para comprovar? Olha, infelizmente vivemos em um mundo perigoso demais para as mulheres, e você *deve* se afastar de qualquer um que pareça um pouco suspeito. Quando a esmola é demais, o santo desconfia!

— Obrigada por ser a única pessoa sensata que encontrei! — Dei um sorriso sarcástico.

— E se ele simplesmente for uma pessoa do bem e ela o tiver *xingado* por nada?

— Não xinguei ninguém, Belinha! Eu só perguntei por que, se ele era *um herdeiro*, tinha ido de avião comercial, e não num jatinho! Isso é xingar, por acaso?

— Você o chamou de pilantra, Dominic! E se ele for um homem trabalhador? A Bíblia diz que daremos conta de tudo que falamos. Toma cuidado com essa tua língua, está afiada demais para o meu gosto!

— Chegamos, meninas. Quero as duas sorrindo agora — anunciou Ricardo.

— É aqui? — perguntei, boquiaberta.

Estacionamos em frente a um muro alto coberto por trepadeiras. Saímos do veículo e, quando cheguei ao portão imponente de ferro retorcido, deparei com um... *castelo*! A realeza decidira me perseguir naquele dia! Entrei abobalhada, porque nunca na vida tinha visto uma estrutura majestosa como aquela. Pelo menos, não pessoalmente. A mansão tinha duas torres principais, muitas janelas e um pórtico charmoso na entrada, além de pequenos postes de luzes amareladas. A arquitetura me lembrava do estilo barroco e medieval. Para uma grande fã do filme *Orgulho e preconceito*, adaptação da obra de Jane Austen, estar em um local como aquele me levava para uma dimensão fictícia. Era praticamente uma Pemberley! Só me faltava um Sr. Darcy dizendo que me amava apesar da minha pobreza.

— Isso é uma fonte? Meu Deus! — falei, embasbacada.

Havia um chafariz e um belo jardim decorado com milhares de luzes rodeando toda a propriedade, que me parecia ter um quintal gigantesco.

— Belinha, perdoe o meu mau humor. Me sinto melhor só por estar aqui!

Subi os degraus da entrada e, quanto mais me aproximava da porta dupla alta e larga, mais deslumbrada eu ficava. Mirei a escadaria larga no interior com um tapete vermelho no meio e ramos verdes serpenteando o suporte. E os detalhes não paravam ali! Havia lamparinas e bolas douradas nos degraus, salpicados de uma neve falsa feita de isopor.

— Eu te disse que era uma honra estar no baile de gala da Miss Coffee! Deixa só você entrar, vai ficar ainda mais encantada!

A cada passo dado, me senti sendo transportada para a Inglaterra. Nem me sentia mais em São Paulo! Tudo estava indo bem, até que o homem parado na porta, usando terno e um ponto eletrônico no ouvido, me lembrou de quem eu tinha me esquecido por meio segundo.

— Boa noite, sejam bem-vindos ao The Royal Night. Posso ver os seus convites, por gentileza? — disse o homem com feições asiáticas e sorriu.

— Estão aqui. — Belinha abriu a bolsinha branca, que combinava com seu vestido longo de seda, e lhe entregou os envelopes.

Após checar cada um deles cuidadosamente, o homem permitiu nossa entrada e nos desejou um Feliz Natal. Belinha deu o braço para Ricardo, e os dois entraram juntos. Eles formavam um belo casal. Minha prima tinha os cabelos alisados, e sua pele era mais escura e brilhante que a minha. Apesar das dificuldades pelas quais passara depois de se mudar para São Paulo, não se arrependia de nada, porque, se não tivesse sido assim, não teria conhecido o amor de sua vida.

Entrei logo na sequência deles, e minha boca quase se rasgou de tanto que a abri. A atmosfera do lugar era surreal! Colunas de mármore estavam enfeitadas com laços vermelhos, um lustre luxuoso pendia do teto abobadado e uma imensa árvore de Natal brilhava em frente à escada interna. Ricardo puxou Belinha pela cintura e lhe deu um abraço, talvez tocado pela magia do espaço. Eu o encarei por um tempo longo demais, e agora ele estava parecendo o rapaz que eu tinha visto mais cedo.

Minha agitação misturada com raiva não me deixara prestar atenção direito nos amigos do Jae. Mas um deles parecia — e muito — com o Ricardo, pois ele também era superalto, tinha a pele negra, o cabelo cortado bem baixinho, no estilo militar, e braços fortes.

Ele me pegou observando-o e perguntou:

— Tem alguma coisa errada comigo?

— Não é isso, vocês estão ótimos. Parecem até que vão se casar hoje!

— O Ricardo adoraria! Mas precisamos ir, senão vamos perder a cerimônia de início da festa. — Belinha caminhou para a porta lateral.

Eles sumiram, me deixando sozinha no saguão, parada em frente à escadaria cheia de pisca-piscas. *E se eu desse só uma espiadinha lá em cima?* Sem pensar duas vezes, comecei a subir, meus saltos fazendo barulho nos degraus de mármore. Quando despontei no silencioso andar de cima, um vulto na escuridão do corredor me deu um susto tremendo. Tropecei e quase caí para trás. Por alguns segundos, eu vi minha vida passando diante dos meus olhos e imaginei como seria horrível a dor de descer rolando aquelas escadas até parar lá embaixo. Um acidente que teria acabado com a magia daquela noite e provavelmente quebrado vários ossos do meu corpo. Mas alguém me segurou antes que eu me quebrasse todinha no chão.

7

Foi encantador te reencontrar

JAE

Perdido no olhar assustado de Dominic, segurei firme sua mão estendida, envolvida por uma luva branca. Suas costas estavam inclinadas para baixo, e um dos pés, suspenso no ar. Engoli em seco e decidi puxá-la antes que o pior acontecesse, pois o tecido estava deslizando de seus dedos. Coloquei minha mão em suas costas e a puxei em minha direção. Meu abraço a envolveu, e seu peito encontrou o meu de modo brusco. Escorreguei para trás no chão liso, mas a mantive de pé, junto a mim, segurando-a pela cintura, e a sustentei ali. Nossas respirações se misturavam e poucos centímetros separavam seu rosto do meu.

Ela estava ligeiramente mais alta do que da última vez que a vira. Seu perfume doce me entorpecia. Era o tipo de cheiro que eu seria incapaz de esquecer, assim como tudo sobre ela. Ousei tocar em sua face quente, quase pegando fogo, e, massageando sua bochecha rubra, sussurrei:

— Você se machucou? — Abaixei o olhar e, sem querer, mirei seus lábios.

— Não, estou bem. Agora pode me soltar, estou fora de perigo.

Engoli em seco, me desgrudei dela dando passos para trás e imergi na escuridão. Daquela distância, conseguia vê-la melhor e admirar seu vestido vermelho longo, bem ajustado no quadril, com mangas bufantes, decote coração e três botões. Nos pés, um par de saltos. Os braços estavam quase totalmente cobertos por luvas brancas. E os cabelos castanho-escuros, meio presos na parte de trás, tinham alguns cachos soltos caindo ao lado de seu rosto. De modo não intencional, estávamos combinando, pois o smoking, o colete e a gravata borboleta que eu usava tinham o mesmo tom da vestimenta de Dominic.

— Preciso ir. Com licença.

Ela me deu as costas e desceu as escadas quase correndo. Mas, antes que chegasse ao final, eu lhe fiz uma proposta:

— Se você me permitir, vou explicar tudo, Dominic. Pois deve haver uma razão para termos nos reencontrado. Ou você acredita mais em coincidência do que em Deus?

Dominic parou no último degrau, respirou fundo e olhou para trás. Seus olhos cintilavam. Seriam lágrimas? Desci para alcançá-la, porém uma voz feminina a chamou antes que eu pudesse me aproximar:

— Garota, o que você faz aí?! Estava te procurando lá dentro feito uma barata tonta! Vem, meus amigos querem te conhecer.

Uma mão a puxou, e ela evaporou da minha frente. Parei no meio da escadaria e suspirei. Aquilo tinha sido um sonho? Uma alucinação criada por minha mente, por pensar tanto em Dominic nas últimas horas? Qual era a probabilidade de ela simplesmente aparecer na festa? Quais eram as chances? Sem encontrar qualquer resposta, me dirigi à área em que o baile estava acontecendo. Vasculhei o ambiente à sua procura, mas naquela penumbra não dava para encontrá-la com tanta facilidade. A maior parte da iluminação vinha de velas acesas sobre as extensas mesas e de varais de luzes descendo como cascatas.

Pedi licença a quem cruzava meu caminho e esbarrei em algumas pessoas que dançavam no centro do salão. Como ela podia sumir em um espaço fechado? Então, percebi que tinha desaparecido do meu campo de vista porque verdadeiros brutamontes a rodeavam, como uma muralha. E eram ninguém menos que meus melhores amigos.

— Este aqui é o Ruan, irmão do meu noivo — disse Isabela enquanto apresentava meu amigo a Dominic. — Ele está servindo na Marinha e toca sax na banda da igreja — falou com orgulho, e percebi que tinha outras intenções com isso.

— Nossa! Vocês são gêmeos? — Dominic questionou ao fitar Ricardo e depois Ruan.

— Todo mundo diz isso! Essa lenda urbana começou com nossa mãe, porque nós só temos um ano de diferença e, quando éramos pequenos, ela nos vestia com roupas iguais — brincou Ruan, jogando charme para ela.

— E este aqui é o Jung! Na igreja ele é o faz-tudo, desde cuidar das crianças na salinha até limpar banheiros. — Isabela apontou para o coreano, e ele estendeu a mão para Dominic.

— É um prazer conhecê-la! Sua prima fala muito de você e estávamos empolgados para sua chegada.

— Sério? Espero que não estejam enjoados de tanto ouvirem falar sobre mim — Dominic brincou, com seu típico bom humor do qual eu já estava sentindo saudade.

— Prima, agora só falta você conhecer o líder do Clube dos Bolinhas! O Loiro do Tchan ainda não desceu para a festa? Ele não é de se atrasar.

Não acreditei quando Isabela se referiu a mim com aquele apelido besta que eu odiava! Ajeitei o colarinho e caminhei até eles decidido a fazer uma entrada triunfal. Estiquei a mão para tocar primeiro no ombro de Ruan, disposto a apertá-lo para ele sentir o recado que eu tinha para dar. Embora soubesse que ele não tinha culpa por jogar seu charme, já que eu não entrara em detalhes a respeito da menina que tinha conhecido no voo e que me humilhara de graça. Porém não concluí meu plano, pois não contava com a astúcia do meu pai ao me chamar pelo microfone:

— Jae-won, cadê você, rapaz?! Queremos a família reunida para fazermos o grande anúncio e começarmos oficialmente o nosso baile!

Quando observei o palco, eu era mesmo o único membro da família que faltava. Minhas irmãs estavam lá com os respectivos maridos, minha mãe abraçava meu pai de lado, e meus avós paternos estavam de pé num canto. Os dois não gostavam dos holofotes nem dos eventos, pelo que tinham vivido no passado. Eu precisava ser rápido, pois meu velho não era muito fã de esperar. Enquanto eu praticamente corria em meio à multidão, os músicos pararam de tocar, e os convidados cochicharam.

— Pronto, agora podemos começar! — disse meu pai assim que pisei no palco. — Antes de fazermos o grande anúncio e iniciarmos as festividades, chegou aquela parte chata em que digo que ninguém pode fotografar a nossa família, por motivos de segurança. Certo?

O baterista rufou os tambores, e as pessoas riram; algumas até assobiaram. Era uma regra interna: nada de fotos e gravações da família Kim, principalmente durante os eventos em que estávamos todos juntos, celebrando com nossos funcionários, familiares e amigos. Talvez alguns não entendessem a importância daquele pedido, ainda mais em uma geração que registrava tudo e postava nas redes sociais. O problema era que muitas pessoas não tinham medo de expor sua intimidade a desconhecidos. Não que precisássemos nos isolar do mundo; afinal, Deus podia usar nossa história para tocar quem precisasse de nossas palavras ou testemunhos. Contudo, eu tinha aprendido na prática que era necessário ter equilíbrio e estabelecer limites. Nem tudo era para ser postado e exibido, porque não tínhamos como saber quem nos acompanhava, e isso podia gerar sérios riscos, com consequências fatais.

— Então, como eu ia dizendo, meus pais chegaram aqui em São Paulo na década de sessenta, com muitos outros imigrantes sul-coreanos. Nesta terra tão abençoada, eles puderam recomeçar. E vocês fazem parte da história de perseverança da família Kim! Sem a mão do Senhor e a dedicação, o esforço e a excelência de vocês, não teríamos conseguido chegar aonde estamos hoje!

Lá de cima, conseguia ver a cara de Dominic. Ela parecia em choque e apontava para o palco enquanto dizia algo a Isabela; as duas pareciam bem próximas. Num dado momento, a cacheada tapou a boca com a mão.

— Sem mais delongas — continuou meu pai —, é com muita alegria e gratidão ao nosso Deus que anuncio que recebemos propostas de acionistas norte-americanos! Eles querem abrir uma filial da nossa empresa na Califórnia. Por isso, nesses últimos quatro dias, meu filho Jae-won, acompanhado de pessoas da nossa equipe de projetos, os levou para olharem a construção do nosso café em Barreirinhas, no interior do Maranhão, a cidade turística que é portal dos Lençóis Maranhenses. E eles ficaram encantados! Se vocês acham a nossa sede aqui bonita, mal imaginam o capricho de Jae no projeto arquitetônico da nova filial da Miss Coffee!

Júlio Kim, nome abrasileirado do meu pai, continuou discursando. E os convidados, eufóricos, bateram palmas quando finalizou. Se Dominic já estava boquiaberta, agora ela parecia ainda mais chocada e prestes a explodir, de tão vermelho que ficou seu rosto.

— Mãe, já acabou? — perguntei à pessoa mais bonita do palco, com seus belos cabelos cacheados e sotaque pernambucano.

Meu pai tinha dito que se apaixonara à primeira vista quando a vira trabalhando num restaurante na praia de Boa Viagem. — Preciso descer e resolver umas coisas urgentes.

— Está liberado, querido. Mas não se afaste muito, a qualquer momento seu pai pode te chamar de novo! — Ela afagou meu ombro, e desci do palco.

Meu objetivo era somente um: encontrar Dominic e explicar todos os mal-entendidos que tinha a meu respeito. Mas não a encontrei. Ela havia simplesmente sumido! Vi somente Isabela e meus três amigos sentados a uma mesa abarrotada de rosas vermelhas e pequenas velas acesas.

— Apareceu o Margarido! — brincou Isabela. — Sente-se aí! — Apontou para a cadeira. — Quero te apresentar a alguém, mas ela foi rapidinho ao toalete.

Como dizer alguma coisa, qualquer uma, sem soar estranho? Pelo visto, eles ainda não sabiam que Dominic e eu tínhamos nos conhecido no aeroporto de São Luís, além do fato de termos tido altos papos durante o voo e de eu ter segurado sua mão e emprestado meus fones e meu coração para confortá-la. Provavelmente ela não lhes havia contado nada de nosso encontro, mas a garota devia ter os próprios motivos para não ter falado. O que eu faria a não ser aceitar qualquer coisa que ela propusesse?

— Eu preciso dar uma saída. Volto daqui a uns cinco minutinhos!

Isabela Sanchez segurou meu pulso.

— Jae, pare de bancar o traumatizado! Não estou te empurrando nenhuma pretendente. Ela é minha *prima*, e sinto que vocês dois seriam bons amigos. — Isabela me fuzilou do mesmo jeitinho que Dominic teria feito, e minha cabeça faltou explodir. Elas compartilhavam muitos traços, inclusive de personalidade.

— Isa, não é isso! — Puxei o braço, me desvencilhando dela. — Volto daqui a pouco, eu prometo!

Dei passos rápidos para fora do salão de festa e, por mais que soasse clichê, tudo em volta pareceu desaparecer. As vozes diminuíram e a música foi silenciada quando vi Dominic caminhando em minha direção. Sem dúvida, para mim ela era a mulher mais bonita daquele baile. Engoli em seco e, antes que meu cérebro tivesse tempo de raciocinar, me aproximei e peguei sua mão. Ela não protestou nem tentou me soltar. Eu a levei em direção à saída, e descemos os degraus para o jardim.

Nós nos apressamos para que ninguém nos alcançasse e quisesse alguma explicação lógica sobre algo tão fora do nosso controle. Seu vestido vermelho voava na noite fresca à medida que corríamos sobre o chão de paralelepípedos molhados pelo orvalho. Desaceleramos apenas quando chegamos aos fundos da imensa propriedade e andamos entre as colunas de mármore, dispostas uma ao lado da outra. No final, havia um coreto iluminado com luzinhas, e foi para lá que a levei.

— Espero que tenha um bom motivo para me fazer correr desse jeito! Eu sou sedentária, sabia? — Dominic me soltou e colocou as mãos enluvadas nos joelhos para se sustentar enquanto respirava.

— Me perdoe, mas foi necessário — falei, ofegante. — Não quero que você passe nem mais um minuto com uma ideia errada sobre mim. Isso está me matando, Dominic!

— Sou toda ouvidos, *Vossa Alteza*. Desembucha! — Ela ficou numa pose ereta.

Talvez eu não devesse rir naquele momento, mas era inevitável. Ela estava com uma expressão muito séria, mas por que continuava tão fofa e... *linda*? Aquela garota tinha virado meu mundo de cabeça para baixo em menos de vinte e quatro horas! E isso continuava me assustando, pois eu nunca estivera tão entregue a alguém daquele jeito. Eu mal a conhecia!

— Por que está sorrindo? Diga logo o que quer, garoto.

— Dança comigo. É isso o que quero, uma dança. Depois, conto tudo o que quiser. Vai se surpreender quando perceber que não sou nenhum pilantra.

Eu me aproximei de Dominic. Ela suspirou e abaixou o olhar.

— Desculpa, tá? Eu não deveria ter te tratado daquele jeito. É que já fui enganada antes. Acreditei em alguém, abri meu coração e depois vi que tudo era uma mentira. Aquilo quase me *matou*, entende? Nunca mais quero me ver numa situação assim, em que dou minha confiança e recebo de volta um trauma.

— Eu sinto muito. Não quero comparar minha circunstância com a sua, mas sei o quanto isso pode doer. Passei por uma situação muito parecida, em que vi boa parte de mim ir embora. Mas, como pode perceber, eu sou real, Dominic, e quero dançar com você. Me concede essa honra?

— Como vamos dançar sem música?

— Você não está ouvindo? — Envolvi sua cintura e ergui um de seus braços. — As estrelas estão cantando para nós, sussurrando o quanto você está perfeita essa noite. E eu concordo com elas, veementemente!

Ali, no meio daquele coreto clássico, iluminado com milhões de pisca-piscas, como constelações da Via Láctea, eu a embalei em uma dança lenta. Minha racionalidade tinha ido para o ralo, junto ao meu medo de ser traído. E me perguntei, naquele dia sem fim, se realmente existia amor à primeira vista.

8

Quero te conhecer um pouco mais

DOMINIC

Após a música imaginária encerrar seu curso lento, levantei o rosto e ousei encará-lo. Jae-won já estava me observando, e seu olhar sereno transmitia afeto, cuidado e gentileza. Tudo ao mesmo tempo, o que fez meu estômago revirar e um arrepio correr por meus braços.

Era o tipo de coisa específica que eu pedia a Deus em minhas orações. *Aquele* era o jeito como eu queria ser olhada pelo homem que seria meu futuro marido. Porém nunca imaginara que um homem que eu mal conhecia me faria sentir, por um segundo, que havia mesmo a possibilidade de a minha oração ser respondida. Ou eu estava louca demais por ver emoções que nem existiam? Talvez ele só fosse assim com qualquer pessoa e eu fosse mais uma sortuda que deparara com aqueles olhos castanhos, profundos e tão pacíficos quanto um mar calmo.

— Dominic, eu... — Jae sussurrou com uma voz tão suave quanto seu semblante.

Imaginei que aquele seria o momento da lavagem de roupa suja, mas fomos surpreendidos por uma voz familiar chamando nossos nomes:

— Jae-won? Dominic? O que está acontecendo? Ei, como assim vocês se conhecem? E por que estão aí agarradinhos?

Era ninguém menos que Belinha, a minha prima, com as mãos na cintura e fogo saindo pelas narinas. No mesmo instante, Jae e eu nos desgrudamos. Dei as costas para eles dois e tapei o rosto para esconder minha vergonha, quando, de repente, senti alguém me pegar pelo ombro e me virar bruscamente. Isabela estava diante de mim, ainda me encarando como se eu fosse um bicho do zoológico que tivesse jogado dejetos em seu cabelo.

— Dominic, que raios você estava fazendo dançando com o filho do seu *patrão*? E desde quando você o conhece? Me diga! — ela gritou comigo como havia muito tempo não fazia, e eu estremeci da cabeça aos pés.

— Belinha, não fale comigo como se eu fosse uma adolescente rebelde que fugiu da aula para namorar escondido na quadra da escola! Você não é minha mãe! É apenas a minha prima, e eu sou uma mulher adulta. Sei o que estou fazendo! — disse, me defendendo.

— Frase digna de uma adolescente, Dominic Sanchez! — Bateu palmas. — Parabéns pra você! Que mulher adulta e madura você é, escondendo as coisas de mim!

— Meninas! — Jae-won falou com o máximo de autoridade que conseguiu. Ele passava a mão na testa franzida e parecia perdido. — A culpa disso tudo é minha. Isabela, sua prima não fez nada de errado. Eu que a tirei da festa e a trouxe para cá para podermos conversar!

— *Conversar*? Vocês estavam dançando sozinhos, longe de todo mundo! Se eu demorasse mais, certeza que ia encontrar vocês se... — continuou falando aos gritos, com o dedo apontado para a minha cara.

— Isabela! É isso o que você pensa de mim? Que eu sou qualquer uma e me agarro com o primeiro homem que me dá atenção? Se for isso, me dê a chave do carro, porque vou tirar minha mala de lá e procurar o hotel mais próximo, mas não vou ficar mais na sua casa!

— Meninas, pelo amor de Deus! Parem de brigar e ficar se ofendendo! Vamos nos sentar e conversar numa boa — Jae-won falou choramingando ao apontar para a mansão.

— Eu não vou para lugar nenhum com ela! — Bufei ao cruzar os braços.

— E eu também não quero mais papo com quem guarda segredos de mim! Foi sobre o Jae que você passou o dia inteiro falando, não foi? O rapaz que você conheceu no voo? Posso entender que não sabia quem ele era antes, mas você o viu no palco com a família dele! Por que não me chamou de lado e me contou tudo? Só ficou me perguntando se ele era o filho do seu patrão, e eu disse que *sim*!

Antes que eu pensasse em rebatê-la e brigássemos feio, Jae agiu mais rápido:

— Jesus, vou ter que chamar reforços! — O coreano abriu um pouco o blazer bordô e tirou o celular do bolso. Procurou um número entre seus contatos e fez uma ligação. — Ricardo, venha aqui fora, na área do coreto, o mais rápido possível!

Jae-won, ainda com o telefone na orelha, nos encarou como se sua paciência estivesse por um fio. Ele encerrou a chamada e soltou um suspiro longo. Ficamos os três em um silêncio extremamente constrangedor até Ricardo aparecer correndo. Era visível que o homem estava sem entender absolutamente nada, mas sabia que havia acontecido algo muito ruim entre mim e sua noiva.

— O que está acontecendo aqui? — Ricardo foi até Isabela e segurou seus ombros. Ela levantou a cabeça, envergonhada, e deu de ombros.

— Eu não fiz nada! Pergunta pra Dominic e pro seu melhor amigo. Eles que estão nos escondendo uma coisa cabulosa. — Ela me indicou com a cabeça.

Voltei a gritar com ela:

— Você fala como nós tivéssemos cometido um crime, Isabela!

A discussão ia reacender, mas na hora Jae recebeu uma ligação da mãe procurando por ele, pois o jantar já seria servido, e nisso voltamos para o baile. Isabela e seu noivo iam à nossa frente de braços dados, conversando baixinho, e vez ou outra ela virava o rosto para mim, me fuzilando. Enquanto isso, Jae e eu os seguimos a uma distância segura, sem falarmos uma única palavra um com o outro. O constrangimento de termos sido pegos no flagra era grande demais.

Quase tive um treco quando, ao entrarmos no salão da festa e irmos para a mesa reservada, Jae encontrou sua mãe no caminho e pediu permissão para tomar assento com seus amigos. Eu dei passos para longe dele ao sentir o que ele faria em seguida, mas não tive como fugir: ele me procurou e foi até mim, colocou uma mão espalmada nas minhas costas e me direcionou até a senhora Kim.

— Mamãe, esta é a senhorita Dominic Sanchez, a prima da Isabela que veio do Maranhão morar aqui em São Paulo. E, coincidentemente, nos conhecemos durante o voo para cá!

— Oh, que bênção! Você é a mocinha que vai trabalhar com a gente, não é? — Caroline Kim estendeu a mão com elegância. Ela era mesmo da realeza. — É um prazer conhecê-la, senhorita Sanchez. Espero que aproveite bastante o nosso baile e, se eu puder fazer algo para tornar a sua estadia aqui em São Paulo mais confortável, pode me contactar! Sei o quanto é doloroso deixar o nosso lar e recomeçar a vida em uma cidade grande.

Apertei sua mão com delicadeza e senti os calos de suas palmas, que significavam uma coisa: ela não era uma mulher que ficava parada, esperando os outros fazerem tudo por ela. A mãe de Jae era cacheada como eu e tinha a pele parda, um pouco mais escura que a minha, e Jae não tinha puxado quase nada dela, a não ser os lábios grossos e o sorriso que passava uma sensação de aconchego.

— Muito obrigada, senhora Kim! Realmente, não foi nada fácil dar esse passo, mas creio que Deus vai continuar cuidando de cada detalhe — falei com sinceridade e até vulnerabilidade, o que era estranho, dado que aquela era a primeira vez que eu a via.

— Amém, minha linda! Posso te dar um abraço?

Ela nem esperou minha resposta: já foi me envolvendo em um abraço materno, e pude sentir seu perfume tão doce quanto seu coração. Retribuí o gesto toda sem jeito, pega de surpresa, e meus olhos arregalados não escondiam esse fato.

— Do que precisar, pode contar comigo, está bem? — Após reforçar seu convite amistoso, ela me soltou. — Filho, tome conta da senhorita Dominic e faça com que ela se sinta em casa!

Dito isso, a mulher se afastou, e eu continuei parada por alguns segundos, absorvendo tudo o que tinha acabado de acontecer, pois no mesmo segundo me veio à mente outra coisa: eu orava para que minha futura sogra me acolhesse como se eu fosse sua filha, não apenas uma nora. Eu queria me sentir em casa, não como se fosse um fardo a ser suportado. Não que eu pensasse em me casar com Jae-won Kim III e ter a mãe dele como sogra; eu tinha consciência de que o conhecia havia menos de vinte e quatro horas. Mas foi inevitável desejar fazer parte de algo assim, de uma família que acolhia, e ter um marido que me olhasse com pureza.

— Vamos para a mesa? Nosso jantar deve estar esfriando! — disse ao me tirar de meus devaneios e minha posição de estátua.

Mais uma vez, ele colocou a mão espalmada nas minhas costas e me conduziu para a nossa mesa. Belinha, que segurava uma taça com Coca-Cola e gelo, revirou os olhos quando nos viu juntos. Se ela pudesse, puxaria a minha orelha bem ali. Jae-won não se importou com a intimidação da minha prima superprotetora ao puxar a cadeira e apontar para que eu me sentasse. Homem nenhum nesta vida tinha feito isso por mim. Tomei o assento, e ele a empurrou para a frente como se eu pesasse feito uma pluma.

Era óbvio que todos os seus amigos nos observavam e não perdiam um só detalhe. Jae sentou-se ao meu lado e ficou tamborilando os dedos na mesa ao mirar cada um deles.

— Podem falar, bando de marmanjos. Sou todo ouvidos! — falou para quebrar o clima estranho.

— Ela é a garota de quem você nos falou mais cedo? A que tinha um humor catastrófico estranhamente encantador? — Ruan cruzou os braços e levantou o queixo.

— Ruan, não queima o filme do cara! — Ricardo deu um cutucão no braço do irmão. — Lembro que ele disse que ela era *muito* bonita e engraçada.

— Você me chamou de catastrófica, Jae? — perguntei ao virar o rosto para ele e segurar a faca de prata que usaria para cortar o bife.

O coreano mirou o objeto metálico e engoliu em seco, fazendo o nó de sua garganta subir e descer em seu pescoço longo.

— E ele não falou nenhuma mentira, minha querida prima! — Belinha deu de ombros.

— Amor, para com isso — Ricardo pediu. — Vamos deixar que eles se expliquem.

Jae-won me encarou, e eu balancei a cabeça para indicar que ele poderia começar, pois não tinha como continuar escondendo o fato incontestável de que nos conhecíamos. Falamos que tínhamos nos encontrado no aeroporto quando eu estava perdida e extremamente atrasada, assim como ele e seu grupo. Por obra do acaso, tínhamos nos reencontrado dentro do avião e sentado um do lado do outro. Ou talvez fosse obra da pessoa responsável pela compra das passagens áreas, já que nós dois estávamos viajando a trabalho pela empresa do pai dele.

Nisso, os amigos dele ficaram perplexos. O irmão do Ricardo, o Ruan, ficou sem jeito e, mesmo sentado na minha frente, fazia de tudo para não me encarar, e eu não sabia por qual motivo.

— Tudo foi apenas uma grande coincidência. Não fazíamos ideia de que tínhamos tantas coisas e amigos em comum até chegarmos ao baile. Imagina o meu choque quando eu reencontrei o Jae? Como que eu ia raciocinar direito e contar tudo o que tinha acontecido sem dar um surto? Eu achava que nunca mais o veria nessa vida! — disse, me defendendo.

— Isso, eu já entendi. Mas e a parte em que vocês saíram de fininho do baile e foram dançar no coreto? Porque eu continuo sentindo que há segredos entre nós! — Isabela quis saber.

— Como assim? Vocês escaparam da festa e foram dançar lá fora? — Ruan perguntou, boquiaberto. — Tem algo rolando e você não nos contou, Loiro do Tchan?

— Para de me chamar assim, porque, se eu sou o Loiro do Tchan, você é o Compadre Washington! — Coloquei a mão sobre a boca e escondi o sorriso. Ruan jogou o guardanapo de pano na mesa e curvou os lábios, ofendido. — Eu só a chamei para conversar, e isso acabou acontecendo. Mas quer saber de uma coisa? Se nos derem licença, eu vou convidá-la outra vez. Me daria a honra de mais uma dança, senhorita?

— Já pedi para não me chamar assim — murmurei, mas no fundo não achei nada desagradável.

Jae pareceu ter se cansado daqueles enxeridos e dos interrogatórios, principalmente de Belinha e Ruan, que com certeza eram os mais ciumentos do grupo. O coreano se ergueu da mesa e me estendeu a mão. Dei um sorrisinho bobo, feito uma adolescente notada pelo rei do baile, e me levantei sem me importar com a roda dos fofoqueiros. Logo eu, que ligava para o que pensavam e deixavam de pensar sobre mim. Mas, ao me concentrar apenas em Jae, o mundo automaticamente sumia ao meu redor. Era como magia.

Ele me conduziu pela mão até a pista de dança, no centro do salão, e os cochichos em volta foram aumentando à medida que passávamos pelas mesas. Afinal de contas, quem era aquela garota de pele parda, quadril largo, vestido vermelho e um colar de pérolas falsas ao lado do príncipe Jae-won Kim III? Sim, àquela altura, eu já acreditava com cada fibra do meu ser que ele era um príncipe coreano.

"Love Story", da Taylor Swift, começou a ser tocada pela banda. Me senti protagonizando uma cena de filme romântico da Sessão da Tarde! Senti também que as pessoas nos olhavam com curiosidade, pois éramos os únicos na pista — o resto dos convidados estavam desfrutando do delicioso jantar em suas mesas à luz de velas.

Talvez a ousadia da nossa atitude tivesse deixado todo mundo chocado, talvez não. Às vezes imaginamos tanto a reação das outras pessoas às nossas atitudes que nem sequer conseguimos viver. Ficamos presos naquele círculo vicioso: "Se eu fizer isso, o que vão pensar de mim?", e não fazemos nada por medo, quando o único que devemos temer é o Senhor. Porém entre mim e Jae havia um acordo não dito em voz alta: naquela noite, nós nos importaríamos somente um com o outro e com nos conhecermos um pouco mais.

9

Me perco em pensamentos e te vejo em todos eles

DOMINIC

Eu deveria estar focada no meu treinamento, e não me perdendo em lembranças da noite anterior, quando soube que Jae não havia mentido quando disse que era de fato um príncipe coreano e descobri que ele era ninguém menos do que o filho do senhor Júlio Kim, meu chefe! Como me concentrar se meu coração ficava imaginando o que teria acontecido se Belinha não tivesse me procurado como se eu fosse uma criança perdida? A gente teria mesmo se... *Deus me livre e guarde!* Suspirei enquanto lustrava com uma flanela uma mesa amadeirada de tom claro. Todavia, se tivéssemos tido mais um minuto a sós, ele teria conseguido me contar a sua história? Enquanto dançávamos pela segunda vez, tínhamos nos entregado mais ao momento do que a conversas profundas.

Mas do que eu estou reclamando? Aquilo não foi uma dança qualquer! Na primeira, tinha sido como se as estrelas estivessem, de fato, cantando para nós. Em nenhum outro momento da minha existência eu tinha vivido algo assim! Na segunda, ele me disse que eu dançava bem, depois de eu pisar no seu pé algumas vezes por estar nervosa. Quando eu disse que era um completo desastre, ele fez questão de repetir o que tinha dito no coreto, que eu estava perfeita naquela noite, e pediu desculpas por ter falado a seus amigos que eu tinha um humor catastrófico. Eu ri e falei que não havia o que desculpar, quando era a mais pura verdade.

Ele me olhou novamente de um jeito tão doce, que eu teria sido capaz de acreditar em qualquer ladainha que tivesse me dito. Mas eu não sentia que ele tinha sido falso comigo, diferentemente do pilantra que eu pensara que ele fosse.

Jae-won até se ofereceu para me pagar uma estadia num hotel ali perto, caso eu não fosse mais para a casa da minha prima, mas eu lhe assegurei que éramos como irmãs e que, por ela ser ciumenta, brigávamos com frequência quando estávamos juntas, pois ela odiava não se sentir parte de algum segredo. Logo faríamos as pazes e tudo ficaria bem, o que de fato havia acontecido no final do baile.

Ela me pediu perdão quase chorando, e eu fiz o mesmo. Nós nos abraçamos e, durante o trajeto para a casa dela, repassamos, em pleno surto, cada detalhe do baile. E ela me fez repetir, no mínimo umas doze vezes, a frase que o Jae me dissera enquanto dançávamos no coreto, como se fosse a sua cena favorita de um livro de romance cristão.

Devido a esse turbilhão do dia anterior, eu estava no meu primeiro dia de trabalho em uma das cafeterias mais famosas de São Paulo, justo na semana mais agitada do ano, sem conseguir me concentrar no que minha supervisora estava falando! Meu Pai eterno, se eu continuasse assim, seria demitida antes do Natal! E o pior era que eu não tinha plano B. Havia pedido as contas do meu antigo emprego e não tinha coragem de voltar para lá. Não que a Dona Darlene, minha antiga patroa, não me aceitasse de volta, mas eu que não teria cara mesmo para voltar à minha velha vida por ter fracassado logo nos primeiros dias.

Antes que me perguntem, eu tinha sido recepcionista em uma pousada muito charmosa perto da casa dos meus avós. Darlene tinha sido minha professora de inglês em um curso e também era dona desse empreendimento. Ao ver minha desenvoltura com o idioma, me fizera a proposta para trabalhar lá. Apesar de a carga horária se tornar muito pesada nos meses de férias e feriados, como ela pagava muito bem eu dissera *sim* e trabalhara com ela durante três anos.

Após o ensino médio, eu tinha feito um curso técnico no campus do Instituto Federal da minha cidade, na área de turismo, o que havia aperfeiçoado bastante minha fluência no inglês. Mas, por acreditar que teria mais oportunidades em São Paulo, tinha largado tudo. Estava decidida a investir no meu maior sonho e acreditava que estava um passo mais perto de vivê-lo, embora precisasse de muita coragem, e dinheiro, para chegar ao próximo nível.

Porém, como minha avó gostava de dizer: temos um Deus que tem poder de abrir o mar, fazer chover maná no deserto e ressuscitar os mortos. Minha fé não era grande o suficiente para mover montanhas, mas, como Jesus nos ensinara, bastava que fosse do tamanho de um grãozinho para trazer à existência o que não existia e ver as promessas tomando forma. Eu me perdi pensando nisso tudo, até que a voz esganiçada da minha amada supervisora — e treinadora — me chamou de volta à Terra:

— Você não está me escutando? Eu já disse que está bom de limpar aí!

Tínhamos nos conhecido naquele dia, e ela já queria se tornar minha melhor *inimiga*! Não se enganem: eu sou contra a rivalidade feminina e a disputa para provar quem é a melhor. O reino de Deus não é sobre isso! Mas o que eu podia fazer se ela simplesmente decidira me tratar mal? Eu não fazia nada, nem retribuía as injúrias, só dava a outra face. No entanto, o próprio Jesus tinha falado que o odiaram sem motivo e que isso também aconteceria conosco. Faz parte da vida do crente.

— Desculpe, Monique. O que devo fazer agora?

— Vá até o andar de cima e limpe as mesas de lá, como ensinei. Descarte o resto de comida na parte de lixo orgânico. As bandejas e os objetos permanentes, como as xícaras e os talheres, você coloca sobre o aparador. Já os guardanapos e o que mais for descartável, você joga nas lixeiras respectivas. Entendido?

— Acho que sim — disse timidamente e balancei a cabeça, confirmando.

— Você *acha*? — Monique gargalhou alto. — Quer que eu desenhe para que entenda melhor? Até uma criança sabe fazer isso! Garota, vá trabalhar, vá!

Ela me deu as costas e se afastou, mas eu ainda conseguia ouvir suas lamúrias:

— Onde estavam com a cabeça para contratarem essa *nordestina* faltando apenas quatro dias para o Natal?! — Desceu os degraus e caminhou em direção ao caixa, onde uma enorme fila se formara.

Aquilo foi a gota d'água para mim. A cafeteria estava lotada, e eu tinha certeza de que os clientes nas mesas mais próximas tinham ouvido o que ela dissera. Minha visão se embaçou, e procurei com o olhar a porta do banheiro dos funcionários. Corri para lá e acabei derrubando a flanela no caminho, além de outra coisa que não sabia o que era; só ouvi o barulho enquanto lágrimas quentes desciam por minhas bochechas.

Chorar no primeiro dia de trabalho na cafeteria? Check!

Tranquei-me em uma cabine e deixei o pranto vir com força.

Deus, será que essa é a única maneira de me aproximar do meu sonho?

Não havia outro caminho com menos dor? Por que aquelas coisas tinham que acontecer justo comigo, uma pessoa ansiosa, que se preocupava demais com o que os outros pensavam e era sensível com as palavras? Só Deus sabe o autocontrole que precisei ter para não retribuir com mais grosseria! Sim, aquela também era eu: uma pecadora resgatada por Jesus e lavada em seu sangue precioso, que precisava todos os dias abandonar as velhas práticas e negar o próprio eu — o que era muito difícil para mim.

Sentada sobre a tampa do vaso sanitário, esperei para me acalmar. Respirei devagar, puxando o ar pelo nariz e soltando pela boca, do jeito que o Jae me ensinara durante o voo. Quem dera a magia da noite anterior tivesse durado! No entanto, a Cinderela voltara a ser Gata Borralheira, e tudo que me restava era tentar sair do banheiro sem a cara de acabada.

Ouvi um rangido de porta se abrindo, e uma voz familiar me chamou:

— Dominic? — Belinha bateu na divisória. — Você está aí, não está? Me responde.

— Sim. — Passei os dedos debaixo dos olhos inchados e saí do cubículo. — Eu já estava indo. — Andei de cabeça baixa até a pia e lavei as mãos.

— A Monique brigou com você?

— Quem te disse isso? — Ergui as sobrancelhas. — Mas, quer saber? Não importa! — Levantei o queixo e dei a ela meu sorriso mais sem graça. — Prometo que vou fazer as coisas direito! Sei o quanto você se esforçou para que eu estivesse aqui. Não somente me avisou sobre a vaga disponível, mas me ajudou a montar meu currículo, pagou meu teste de proficiência em inglês e convenceu a empresa a custear minha viagem. Não vou te envergonhar, prima. Darei o meu melhor!

Ela me abraçou forte e, involuntariamente, chorei outra vez. Após uns minutos, de modo gentil, Belinha me afastou o bastante para encará-la:

— Eu não queria que você estivesse passando por isso, ainda mais no seu primeiro dia, mas preste atenção no que vou te dizer: a Monique está sob aviso desde a semana passada. Então, não faça nada fora do normal e não retruque, entendeu? Apenas seja você. O resto é por nossa conta, vamos cuidar disso!

Quando saímos do banheiro, ela desceu para seu posto, e eu subi para o terceiro andar. A cafeteria era enorme. No primeiro piso tínhamos o caixa, o balcão em que se faziam os cafés, e as vitrines com pães, bolos, doces, salgados, biscoitos e lembrancinhas para quem desejasse comprar algo da famosa cafeteria coreana Miss Coffee. No segundo piso, havia mesas, uma janela larga de vidro com vista panorâmica do movimento da rua e, num canto, a cozinha. O último piso, apesar de não ter uma visão privilegiada, era uma área linda e intimista que os clientes adoravam.

Todo o prédio tinha uma arquitetura oriental e dava a sensação de estar na dinastia Joseon, com detalhes que remetiam à realeza coreana. A cafeteria ficava dentro da propriedade da família Kim, e isso só aumentava minha curiosidade para ouvir a história do misterioso Jae-won.

— Olha quem voltou! — disse Monique num tom mais baixo, assim que me viu, enquanto recolhia bandejas de uma mesa. — Achei que tivesse pegado sua trouxa e ido embora!

— Desculpe, tive uma emergência e fui ao banheiro rapidinho.

Fiz o mesmo que ela e levei as bandejas para o aparador. Coloquei os recipientes sujos em cima e joguei o lixo na parte de baixo.

— Espero que tenha lavado bem as mãos! Sei que de onde você veio mal tem água, não deve estar acostumada — provocou.

Um calor subiu por meu pescoço e, embora eu não visse meu reflexo, imaginava que meu rosto estivesse vermelho. Respirei fundo e tentei me controlar, pois tinha prometido a Belinha que me comportaria. Mas aquele comentário tinha sido muito preconceituoso! Não sabia que imagem ela tinha do Nordeste, mas podia garantir que ele tinha mais água que seu coração, seco de empatia! Ela precisava desesperadamente de Jesus e de um tratamento terapêutico!

— Cadê a flanela que lhe dei? E o seu crachá? — questionou controlando o tom de voz.

Monique tinha os cabelos loiros cortados no estilo Chanel e olhos azuis como o céu no verão. Quem a via de longe imaginava que era simpática — era o que eu havia pensado quando a conhecera naquela manhã. Mas, desde que começara o treinamento, ela tinha me diminuído de mil maneiras diferentes, e eu não fazia ideia do motivo.

— Acho que deixei cair antes de vir para cá. Vou procurar!

Ela me encarou por alguns segundos e aproximou seu rosto do meu para falar:

—Você acabou de voltar e já quer sair? Se fosse para passear, era melhor ser entregadora de panfleto na rua! Mas, como sou a gerente, posso mudar sua posição agora, se é isso o que você quer. — Segurou no meu ombro e o apertou.

Eu não queria agir como uma *bebê chorona*, mas dava vontade. Ela havia me tocado de maneira indevida! No entanto, me controlei e respirei fundo mais uma vez. Seja lá qual fosse o plano de Belinha, eu precisava confiar nela.

— Tem como me dar outra flanela, então? — Tirei sua mão de mim e me afastei.

Ela olhou em volta. Ao perceber que não tinha muitas pessoas naquele andar, se preparou para dar a tacada final:

— Sinceramente, Dominic, não sei o que o *Jae-won* viu em você. Além de gorda, ainda é burra! Você não está vendo que os materiais de limpeza ficam num compartimento específico no aparador? — Apontou para uma gaveta.

Belinha tinha me pedido para agir com normalidade e ser eu mesma. Era o que eu estava fazendo, mas não tinha ideia de que as consequências seriam tão desastrosas! Eu sou bem brincalhona e sarcástica, como podem perceber, mas meu ponto fraco é minha aparência e capacidade. E ela havia conseguido, numa frase só, reunir aquilo que para mim era uma verdadeira bomba, capaz de acabar com o restinho de autoestima que eu achava que tinha, mas que pelo visto estava em falta.

— Licença — pedi com a voz fraca e me dirigi para a escada.

Não, minha intenção não era chorar no banheiro, por mais que eu quisesse muito. Na verdade, era ir até minha prima e dizer que pediria demissão. Afinal, como um ser humano podia trabalhar num ambiente tóxico como aquele? Contudo, minha fuga foi impedida por um coreano loiro que me deu um abraço capaz de juntar todos os meus cacos. Afundei o rosto em seu peito e lá fiquei, sentindo as lágrimas descerem. Ele não fazia ideia da sensação de conforto que provocava em mim. Apesar de ser uma pessoa que eu conhecia havia apenas um dia, ele tinha a chave para abrir meu coração e escancará-lo. Porque, ao ver meu lado mais catastrófico, ele não ia embora, mas decidia ficar e me ajudar a lidar com os destroços que me machucavam.

10

Feridas internas, dores compartilhadas

DOMINIC

Jae-won me levou para a cozinha industrial e pediu com educação que todos os funcionários se retirassem. Sem nem ao menos protestarem, eles desligaram os fogos acesos, deixaram sobre as mesas as colheres de pau, formas de bolo e assadeiras com biscoitos, e saíram calados porta afora. Como filho do dono, apenas ele tinha essa autoridade. Ficamos apenas nós dois ali, com ele diante de mim, uma expressão furiosa no rosto. Nunca pensei que o veria zangado, achava que isso fosse tão impossível quanto nevar nos Lençóis Maranhenses, mas ele fizera acontecer um verdadeiro fenômeno da natureza!

Era incrível como aquela expressão o deixava ainda mais atraente. *Como pode, meu Deus?!*

As mangas de sua camisa branca com listras azuis estavam arregaçadas até os cotovelos, e ele usava uma calça preta com um par de sapatos de couro, enquanto eu usava o uniforme da cafeteria com direito a uma touca branca e um avental marrom-escuro. Formávamos um perfeito contraste. Jae abriu a geladeira, pegou uma garrafa de água mineral e despejou a bebida em uma caneca branca com o desenho de uma alpaca estampado. Ele a entregou para mim, e me lembrei de onde tinha visto aquela logo pela primeira vez. Era a mesma do copo de café que tinha bebido no aeroporto, no dia anterior, e do chaveiro da bolsa de Jae.

— Eu ouvi o que ela te falou, mas nada daquilo é verdade, Dominic! Você é inteligente, *linda*, importante e...

— Eu vou ficar bem, Jae, não se preocupe. — Funguei e encarei meus pés.

Encostei-me na pia, e ele deu um passo para perto de mim. Jae aparentava estar tão furioso que seria capaz de quebrar as panelas da cozinha na base do murro.

— Sinto muito! Vim disposto a te ver e no caminho recebi a ligação de um dos nossos atendentes dizendo que a Monique assediou você e tratou mal alguns clientes. Faz uma semana que ela recebeu o aviso de que, caso não melhorasse seu comportamento, seria demitida. Meu pai deu muitas chances a ela, pois gosta da forma como é obcecada por metas. Mas a custo de quê? Ninguém está mais suportando a pressão que ela coloca sobre os outros.

— A Monique é obcecada por você também, não é? — O nó na garganta aumentou. — O que ela é *sua*, afinal de contas?

— Ex-cunhada. — Virou o rosto e encarou o fogão, envergonhado. — Acho que ela nos viu dançando ontem à noite e percebeu, de uma vez por todas, que não existe a menor possibilidade de eu voltar com a irmã dela. Isso não vai acontecer! Nunca! Jamais! Eu segui em frente, Dominic, meu coração está...

— Não precisa enfatizar, não é da minha conta. — Dei de ombros.

— Eu gostaria que fosse.

— Você acha que eu tenho saúde mental para entrar no meio desse furacão? Jae, eu quero é paz na minha vida! — Revirei os olhos.

— Eu sei que não será fácil, mas podemos nos conhecer melhor?

— Você é emocionado demais! Faz apenas vinte e quatro horas que nos esbarramos! — Coloquei a caneca no balcão e caminhei em direção à porta.

— Espera! Sei que parece loucura, mas, em todos esses anos, eu nunca quis tanto conhecer alguém como eu quero te conhecer melhor, Dominic.

— Amigo, o nome disso é paixão! Não sou tão experiente no assunto, mas sei que daqui a umas semanas isso vai acabar, tá?

Eu não era a espada de dois gumes, mas podia cortar profundamente. Sim, estava disposta a quebrar o coração de Jae-won pela segunda vez, se necessário. Que história era aquela de me conhecer melhor? Se ele era intenso demais, ok, que fosse! Mas eu não queria parte nisso! Senão seria eu a pessoa ferida no final daquele belo e trágico conto de fadas de amor à primeira vista. Por isso, me afastei dele e fui em direção à saída. Minha mão já estava na maçaneta da porta, quando ele me disse:

— Nós dois somos parecidos, não percebe? Eu também sei afastar as pessoas por medo de elas me traírem, como minha ex-namorada fez ao *dormir* com meu colega de faculdade e mentir para a família dela quando disse que eu tinha terminado porque simplesmente tinha ficado sem tempo para o nosso relacionamento. Mas pelo menos eu me dou conta dos fantasmas que carrego! Foi o que a terapia me ensinou: preciso conhecer meus gigantes. Mas acho que você ainda não conhece o que tem tentado te vencer e se mantém afastada daquilo que Deus deseja te entregar. O risco é ficar andando em círculos! Não digo isso para te julgar, mas porque passei por algo assim.

— Agradeço a consideração, mas acho que não somos parecidos. — Dei meia-volta e o fitei. — Você é rico, *bonito*, foi criado por seus pais. Eu perdi minha mãe quando ia fazer quinze anos! — Nessa hora, comecei a chorar. — Ela foi embora para os Estados Unidos depois que meu pai nos deixou. Eu era tão pequena quando ela foi embora que mal me lembro de como era ser abraçada por ela! Mas nunca me esqueço de suas promessas de me levar para morar lá. Até mandava metade do que ganhava para ajudar nas despesas, mas os anos foram se passando e meus avós acabaram me criando sozinhos. Até que, semanas antes do meu aniversário, os patrões dela nos ligaram para dizer que ela havia sido atropelada por um motorista bêbado.

Fechei os olhos e me encostei na porta para não desabar no chão.

— Fizemos uma vaquinha e movimentamos a cidade inteira para conseguir trazer o corpo, porque minha mãe merecia um funeral digno e meus avós precisavam se despedir. Mas, quando pensei que tinha me recuperado desse baque, três anos depois, conheci uma pessoa no Orkut. Parecia ser um garoto fofo, sabe? Nos tornamos amigos e conversávamos todos os dias. Ele dizia que era apaixonado por mim, que me achava bonita e que teríamos uma família! Até que descobri, através da Belinha, que ele tinha criado um perfil falso para me humilhar porque minha prima não o queria. Ela me tratava como uma irmã, e ele sabia que a machucaria mais se mexesse comigo.

Parei para respirar e tomar fôlego. Como se lesse minha mente e soubesse que eu precisava dele, Jae se aproximou e colocou minha cabeça em seu peito. Passou suavemente as mãos em minhas costas, o que foi me deixando mais relaxada.

— Tem dias em que acordo, me olho no espelho e é difícil gostar do que vejo — disse a ele. — Por isso, eu não sou para alguém como você. Não faz sentido a gente se conhecer melhor com uma intenção que não seja apenas de amizade. Talvez você não perceba agora, mas cedo ou tarde vai notar meus mil e um defeitos. Num belo dia, vai desejar procurar alguém melhor e mais magra. Só que aí eu já vou ter me apegado, e eu não quero sofrer mais. Vim para São Paulo para trabalhar e juntar dinheiro para o meu sonho de ir à Califórnia, não para me apaixonar! Quero sentir o que minha mãe vivenciou quando morou lá, ver com meus próprios olhos o que ela adorava. Não vim para cá para gostar de um coreano rico e metido a príncipe encantado!

Ao contrário de tudo o que Jae-won poderia dizer naquele momento, ele falou:

— Posso te dar um abraço bem apertado?

Assim como sua mãe fizera, ele nem esperou minha resposta antes de me envolver em um super-mega-power-abraço-de-urso. Seus ombros largos mais pareciam uma canoa, de tão compridos, e seus braços eram tão quentinhos quanto uma sauna no inverno. Não que eu já tivesse ido a uma sauna durante o inverno, mas a sensação devia ser aquela, quente e reconfortante.

— Não adianta! Eu vou me demitir, e você nunca mais vai me ver — disse com a cara afundada em sua camisa social, que logo ficaria amarelada de tanto que eu chorava sobre ela.

— Você é a pessoa mais fabulosa que conheci em toda minha vida! É por isso que eu não conseguiria te esquecer nem se perdesse a memória. Você continuaria ali, me perturbando no meu subconsciente com seu humor ensolarado e coração sensível.

— Para de ser doido! Nunca vi um rapaz *real* que gostasse de mim e me aceitasse do jeito que sou! — Lutando contra mim mesma, me afastei dele com um pequeno empurrão. O medo de me apegar me sufocava.

— Não se preocupe, com o tempo você aprenderá a ser amada de verdade. Mas acho que precisamos sair daqui e continuar nossa conversa em outro local. Venha, vou te dar folga no seu primeiro dia de trabalho. Juro que meu pai não vai brigar!

Como se já estivesse acostumado com isso, Jae pegou minha mão e me tirou dali. Os cozinheiros se espremeram na parede do lado de fora e abaixaram a cabeça quando passamos. Para não parecer mais maluca do que já era, antes de sair eu tirei o avental e a touca e os entreguei a um deles, então segui aquele rapaz galante, corajoso e muito biruta. Minha prima viu quando passamos e fez um sinal positivo com o polegar. Será que ela sabia o que estava acontecendo?

Já do lado de fora da Miss Coffee, Jae me colocou na parte mais protegida da calçada, próximo às fachadas dos estabelecimentos, e andou perto do meio-fio. Eu não reclamei, é claro. Nunca tinha vivido aquilo antes, mas estar com ele me dava uma sensação de pertencimento e de que eu poderia ser simplesmente eu mesma, sem ser julgada por isso.

Passamos por uma pracinha próxima a um posto militar e a uma catedral imponente, mas não paramos ali. Jae me conduziu a uma enorme estrutura antiga que ficava do outro lado. De longe, notei que era uma biblioteca municipal sediada num prédio histórico de estilo neoclássico. Sem questionar nada, subi os degraus atrás dele e paramos na recepção do local. Recebemos dois crachás de visitantes e subimos mais um lance de degraus de mármore. Fiquei deslumbrada com as estantes cheias de livros e de documentos milenares.

Jae parou em uma das seções e pegou um jornal antigo da prateleira à sua frente. Virou-se para mim e falou com um sorriso empolgado:

— Chegou a hora de você conhecer minha história e a da família Kim.

11

Nunca foi obra do acaso

JAE

Abri o jornal antigo sobre uma mesa de estudo e apontei para a imagem estampada na manchete da capa.

— Está vendo este homem aqui? — perguntei a ela.

— Ele se parece muito com o seu pai.

— É o meu avô quando era mais jovem. Essa fotografia foi tirada no dia em que eles receberam uma comitiva coreana em nossa antiga casa. O grupo de visitantes era formado por parentes distantes que eles nem sabiam que existiam! Eles vieram de Seul, alegando que éramos os últimos descendentes da família real.

Dominic me encarou horrorizada. Não esperei que se recuperasse do espanto. Ela ficava tão fofa com aquela expressão que decidi contar logo o restante da história:

— A comitiva recebeu ajuda da embaixada para encontrá-los, e eles fizeram uma festa para anunciar a "coroação" do meu avô, que até então não imaginava pertencer à genealogia de um rei da dinastia Joseon. Com isso, ele foi proclamado príncipe, mas sem direito a subir ao trono ou reinar, porque não existe mais trono nem monarquia, entende? É apenas um título, como eu falei, uma espécie de homenagem para reconhecê-lo como descendente legítimo de um rei. E foi assim que acabei me tornando príncipe também.

— Com um título que não pode usar e do qual não pode fugir? — perguntou, repetindo as palavras que eu lhe dissera no aeroporto.

— Isso mesmo.

— Mas tem uma coisa que eu ainda não entendi. Por que a sua família tem tanto medo de contar essa história para as pessoas, já que é apenas um título e tudo o que vocês têm foi conquistado com trabalho duro, não porque herdaram a fortuna de um monarca?

— Espera, preciso pegar outro jornal.

Levantei-me e vasculhei as prateleiras da estante em busca do papel. Já tinha ido àquela biblioteca várias vezes para lê-lo com meu avô, que precisava me levar até lá quando eu era um menino levado que não entendia por que não tinha autorização para contar a seus coleguinhas da escola que era um príncipe. Era assim que ele cortava o meu barato, através de um jornal antigo.

Não demorei para encontrá-lo. Levei-o para a mesa e o estendi por cima do outro, folheando até chegar à página que noticiara o ocorrido mais triste da minha família.

— Eis o motivo de guardarmos segredo sobre nosso sangue real. — Apontei para um título bem chamativo:

Família de imigrantes sul-coreanos é mantida refém por criminosos

— Meu Deus! — Dominic cobriu a boca com as mãos. — Que horrível! Isso aconteceu quando?

— Dias depois da "coroação" do meu avô. Os bandidos invadiram a casa onde eles moravam, em uma rua mais afastada aqui do bairro. Lá era bem simples, sabe? E muito inseguro também.

Meu pai era criança na época, e ele me disse que se lembrava muito bem de quando os homens encapuzados e armados os fizeram reféns na madrugada. Eles diziam que queriam dinheiro, joias e ouro, como se minha família tivesse ficado rica de uma hora para outra por causa do título que receberam, quando naquela época meus avós passavam por dificuldades. Foram horas de muita tensão até a polícia resgatá-los.

— Nossa, eu ficaria muito paranoica se isso acontecesse comigo! Faz todo sentido o cuidado que seus avós e pais têm. As pessoas simplesmente usaram uma coisa boa, como a homenagem e o reconhecimento que sua família recebeu, para tornar a vida de vocês um pesadelo!

— Agora você consegue acreditar em mim? — perguntei timidamente.

Inclinei-me na direção da mesa e, apoiando o queixo nos antebraços, mais perto da borda, encarei Dominic com um sorrisinho bobo enquanto esperava por sua resposta. Minha franja loira caiu na testa, e ela tirou algumas mechas do meu rosto. Seu toque tímido fez minha pele se arrepiar.

— Me perdoe pelas vinte e quatro horas em que duvidei de você, príncipe Jae-won Kim III — sussurrou.

— Eu perdoo se você me disser que sim.

— Sim para o quê?

Ergui-me novamente e puxei minha cadeira para mais perto dela. Segurei sua mão e me atrevi a olhar no fundo de seus olhos.

— Para o meu pedido de te conhecer melhor, senhorita. Não apenas como amiga.

Ela gargalhou e abaixou os olhos, mirando os próprios pés.

— Você tem certeza do que está me pedindo? Porque nos conhecemos há apenas um dia, Jae. Um dia! Não tenho título nem fortuna, estou mais lisa que um sabonete molhado! Tenho apenas um bom humor questionável e o sonho de viver sem medo aquilo que Deus tem para mim. — Deu uma piscadela no final.

— Eu também não tenho fortuna, Dominic, porque não quero viver à sombra dos meus pais. Desde que me formei, tenho trabalhado bastante para, um dia, dar o melhor para a minha futura família.

— E o que você faz, afinal de contas? A gente conversou sobre tanta coisa, mas acabei não perguntando isso.

— Sou arquiteto, me formei no ano passado. E, só para o caso de você ter esquecido, sou um homem solteiro, totalmente desimpedido e cheio de amor para dar.

— Que vergonha alheia, Jae! — Puxou as mãos das minhas e cobriu as bochechas vermelhas, toda encabulada. — Você solta umas frases de tiozão que só Deus na causa!

— Outra coisa que você precisa saber desde já: na ceia de Natal, sou eu que solto as piadas no estilo "é pavê ou pacomê?".

— Jesus, me mostra onde eu estou me enfiando!

— Calma, eu também sou um homem sério e posso provar.

— Te dou cinco minutos. — Deu de ombros como se me desafiasse.

Não perdi a oportunidade de me aproximar mais um pouquinho e puxar seus dedos, que ainda escondiam seu lindo rosto. Nossas mãos unidas descansaram sobre a mesa de mogno. À nossa volta, milhares de livros como testemunhas, além do guarda e da bibliotecária.

— Dominic, desde que vi você naquele avião, assustada com o que poderia dar errado, eu senti que precisava te falar algo. Acho que agora é uma boa oportunidade, sabe?

Ela desfez a pose de garota que precisava estar sempre bem-humorada e me encarou como a menina vulnerável que conseguia ser quando se sentia segura para isso.

— Preciso que você saiba que está indo bem. Eu sei que o começo é uma das etapas mais difíceis que temos. Nele, nos questionamos se o caminho que escolhemos é mesmo o certo. Nos enchemos de dúvida e, como não há garantias, pensamos em desistir antes que o pior aconteça, porque imaginamos toda espécie de catástrofe e tudo dando errado! Mas, se pararmos logo na partida, nunca colocaremos nossos pés na linha de chegada. E eu preciso te dizer isso para você não temer os vendavais e as tempestades, porque você tem o que é necessário para prosseguir. Jesus é suficiente, e nós sabemos que o Espírito Santo é seu melhor amigo. Você vai longe. Confie mais em si mesma, porque assim você vai valorizar a capacidade que Deus te deu.

Enquanto eu falava aquilo para Dominic, era como se estivesse dizendo para mim mesmo também. Eu estava aprendendo que, embora o início fosse doloroso, não significava que ficaria assim para sempre. Estava cansado de desistir nas primeiras dificuldades! Tinha orado tanto para Deus abrir as portas para mim, para não viver mais à sombra da minha família e as pessoas pararem de me enxergar como um herdeiro que tinha tudo facilmente, sem precisar lutar.

É uma jornada espinhosa seguir seu propósito, e não o dos outros. Permanecer na jornada não é nada fácil. Mas, se desistirmos, como nosso caráter será forjado? Que testemunhos contaremos? Se somos como ouro no fogo, como vasos de barro nas mãos do oleiro, por que o desespero durante o processo?

Jesus nunca mentiu. Ele disse que teríamos aflições, mas acrescentou que, com ele, teríamos bom ânimo. Por mais que doesse, eu preferia estar no centro da sua vontade, chorando, a estar longe dela em uma mesmice na qual nada fluía, nada crescia, tudo ficava igual. Sem confronto não haveria amadurecimento!

— Para com isso, Jae! Assim vou chorar de novo — ela falou com a voz rouca. Seus olhos castanhos marejaram e seus lábios tremeram.

— E tem mais, Dominic. Você tem, sim, um título! Você é uma princesa, noiva de Cristo, geração eleita, sacerdócio real, povo escolhido e nação santa. Seu valor é extremamente alto e foi pago com preço de sangue na cruz! *Nunca, nunca, nunca* deixe que alguém coloque dúvidas a respeito da sua identidade no seu coração outra vez. Libere perdão a quem te feriu e siga em frente sem mágoa. Tenha uma vida leve, está bem?

— Posso tentar, Vossa Alteza — disse, chorosa.

— Ei, para de me chamar assim. Está me dando arrepios! — repeti, brincando, do jeito que ela havia me pedido no aeroporto.

— Acho que também preciso te falar uma coisa. — Dominic esfregou o rosto na manga da blusa e anunciou com mansidão: — Você diz que seu título não serve para coisa alguma, mas acho que está enganado. Apesar de não ter te dado bilhões de dólares ou permitido que seja famoso, você se comporta como um perfeito príncipe! Sua identidade é de um homem que vai fazer como Jesus pediu: amar sua futura mulher como Cristo amou a Igreja. Talvez, para você, não tenha nenhuma serventia, mas pense só em Cristo! Ele se despiu de sua glória, veio ao mundo vulnerável como um bebê e, embora tivesse o título de Rei dos reis, as pessoas o açoitaram. Mas nenhuma das ofensas e traições que Jesus sofreu mudou quem ele é. Assim como seus gigantes não tiveram o poder de mudar seu coração doce, gentil e cuidadoso.

— Uau! — Funguei, tentando segurar as lágrimas, mas foi em vão. Uma desceu livremente pela bochecha. — Você me fez chorar bem no meio dessa biblioteca, senhorita?

— Não é somente a minha identidade que precisa ser restaurada. A sua também. Acho que só assim poderemos experimentar a paz de quem nós somos em Deus. É um pedacinho da eternidade, sabe? Como um dia sem fim!

— É assim que me sinto desde que te conheci, Dominic. Um gostinho da eternidade. Porque, em vinte e quatro horas, você me fez viver como num dia sem fim. — Abaixei o olhar para o relógio em meu pulso, que, além de contar as horas, também mostrava a data. — E hoje é apenas o dia vinte e dois de dezembro de dois mil e dez.

— O que tem isso? — questionou com os olhos semicerrados e confusão no semblante.

— É o dia em que entramos, definitivamente, na vida um do outro. E, se você me permitir, eu nunca mais quero sair da sua.

12

Aquela sensação de que já nos conhecíamos era verdadeira

JAE

Eu não sabia como conseguiria pegar no sono naquela noite. Estava muito eufórico, como se mil estrelas cadentes tivessem aparecido no meu céu e eu fizesse o mesmo pedido a cada uma delas. Desde que tinha deixado Dominic em casa após a nossa ida à biblioteca, pois ela merecia um descanso após o estresse pelo qual havia passado no trabalho, em mim havia uma certeza: *era ela.* Talvez eu fosse muito emocionado — e maluco, como ela mesma tinha dito —, mas seria incapaz de fugir do frio na barriga, da atração inquestionável e do jeito mágico como fazia com que eu me sentisse. Nisso, me lembrei dos meus pais e de como eles tinham se conhecido.

Desde que meu pai viu minha mãe pela primeira vez na praia de Boa Viagem, em Recife, ele jamais se esqueceu da certeza que teve após trocarem poucas palavras: *era ela.* Meu pai estava solteiro havia um bom tempo, na época, e já tinha quase trinta anos. Por isso, minha avó lhe apresentava várias mulheres e até o ameaçava dizendo que o forçaria a contrair matrimônio num casamento arranjado com uma coreana filha de sua vizinha. Ela pensava que ele não queria namorar nunca mais, que secretamente havia mudado de religião e tinha decidido se tornar padre. Porém ele dizia que apenas não tinha se interessado de verdade por nenhuma mulher desde que havia terminado seu namorico de adolescente, aos dezessete anos.

Conforme ele se aproximava mais de Jesus e da sua Palavra, via que não fazia sentido namorar só para ter alguém ao seu lado e fugir dos questionamentos da família. Ele desejava uma companheira para a vida toda e, até aquele momento, não a tinha encontrado. Seu Júlio Kim, meu pai, me dizia que não adiantava o que minha avó fizesse, ele esperaria o tempo necessário até encontrar a sua mulher virtuosa, cujo valor excedia o de rubis.

E foi durante uma viagem de família para as praias pernambucanas, no verão de mil novecentos e bolinha, que ele a encontrou. Meu pai se apaixonou à primeira vista por uma morena que trabalhava como garçonete em um restaurante na orla da praia de Boa Viagem. Ela havia sido muito atenciosa com meus avós e lhes explicara mais sobre a história da cidade do que o guia de turismo que eles contrataram.

Caroline, a senhora minha mãe, também fizera ótimas indicações de lugares para eles visitarem em Olinda. E, quando minha avó fez uma piada dizendo que a moça gostava era do Carnaval de lá, minha mãe não perdeu a elegância e respondeu de forma respeitosa que era evangélica. Não gostava daquele tipo de coisa, pois Deus a resgatara de densas trevas para as quais ela nunca mais voltaria.

— *Appa*, é ela! — Júlio sussurrou ao pai ao apontar discretamente para Caroline.

— Do que você está falando, rapaz? O que tem a garçonete? — sussurrou de volta.

— Eu vou me casar com ela! — disse com uma convicção tão grande que assustou meu avô.

— Rapaz, você está maluco? Nem a conhece! E se ela já for casada? — Deu um tapa no ombro de Júlio.

— Não é, não! Se fosse, ela teria mencionado o marido em algum momento e não teria me olhado do jeito doce como fez. Sério, *appa*, é ela!

Na hora de pagar a conta, meu pai não perdeu tempo e pediu o número do telefone fixo da casa dela, para caso eles se perdessem por Recife à noite e precisassem de uma ajuda urgente ou caso não soubessem qual passeio fazer em determinada localidade. Minha mãe riu timidamente e escreveu o contato num guardanapo. Isso deu ao meu pai uma confiança tão grande que ele então falou algo mais indiscreto:

— Senhorita, o que acha de crianças asiáticas? Aquelas que têm os olhinhos puxadinhos?

— O que eu acho? Assim, do nada? — Ela franziu o cenho e arqueou uma sobrancelha.

— Desculpa, mas é que eu queria muito saber o que *você* acha.

— Bem... — Caroline tirou uma mecha de cachos da testa, alisou o uniforme e encarou os pés, mais tímida. — Acho que são muito fofas e que, se eu tivesse filhos assim, viveria os enchendo de beijos e seria uma mãe muito babona. Por que a pergunta?

— Bom saber. — Ele puxou o guardanapo com o número e aproveitou para segurar seus dedos, erguendo a mão dela até seus lábios e dando um rápido beijo. — Sinto que nos veremos mais vezes, Caroline.

Para um homem que tinha sido um solteirão por mais de uma década, meu pai até que soube flertar e conquistar a garota dos seus sonhos. Em uma única pergunta, ele havia descoberto que ela não tinha preconceito contra asiáticos e que sonhava em ser mãe.

Aquela situação me mostrava que, quando um homem de verdade quer uma mulher ao seu lado, ele simplesmente *queria* e ia atrás. Dava todos os sinais possíveis e impossíveis, mostrava interesse e não a iludia com falsas esperanças. E, se ele fosse um rapaz segundo o coração de Deus, faria de tudo para que o relacionamento avançasse para o casamento e seria fiel nas promessas que fizesse. Era assim que meu pai tinha me ensinado. Não apenas com palavras, mas através de ações que refletiam seus princípios.

Meu pai dizia que, embora as pessoas falassem que não existiam mais *homens de verdade*, eu deveria ser a exceção. Se trair, difamar a imagem da companheira e ser abusivo e violento eram coisas normalizadas, eu deveria ser o contrário: um homem fiel, respeitador, honroso, manso e provedor. Seu Júlio me dizia que eu nunca deveria fazer nada que envergonhasse o nome de Jesus e manchasse a ideia que as pessoas tinham de um cristão. Eu tinha que ser a Bíblia aberta que o mundo leria.

Nunca havia sido fácil caminhar assim, pois era uma jornada de renúncias: negar o próprio eu e me importar em agradar a Jesus, não ao mundo. Porém, com o Mestre, o fardo pesado se tornava leve, e o vale da sombra e da morte era como um dia claro em sua presença.

— Será que eu ligo para o meu pai e conto o que está acontecendo? Com certeza ele vai me entender e me dar algumas dicas, né? — Sentei-me na beirada da cama e peguei o celular, um iPhone tão pequeno que cabia na palma da minha mão.

Quando ia ligar para o meu velho, vi um SMS de Darlene, a dona da pousada onde eu havia ficado hospedado lá no Maranhão. Ela falou que me avisaria por mensagem quando as fotos que eu tinha tirado fossem postadas no perfil da pousada no Orkut. Darlene havia sido muito querida conosco. Tínhamos nos aproximado bastante no meu penúltimo dia ali, pois ela estava bastante triste por uma funcionária muito amada ter pedido demissão para viver o seu sonho longe, em outro estado. Segundo ela, a garota tinha sido sua melhor funcionária, conhecida por sua dedicação, seu bom humor e seu ótimo atendimento.

Ela havia desabafado tudo isso comigo enquanto registrava com sua câmera digital o cafezinho da tarde que fazia questão de servir aos hóspedes VIPs em uma área exclusiva da pousada. A mulher estava se esforçando para tirar boas fotos no intuito de divulgar o pacote VIP, então, ao percebê-la com o semblante triste, o que era algo incomum desde que a conhecera, eu tinha me oferecido para ajudá-la, já que estava com tempo livre.

De início, a ideia era usar sua câmera semiprofissional para fotografar os espaços bonitos do seu empreendimento. Depois, ela me pedira para ser fotografado — de acordo com dona Darlene, eu parecia um galã de novela, então me pedira gentilmente para ser o garoto propaganda. Ela era tão gente boa, e eu tinha percebido como aquilo a alegrara, então tinha aceitado e pousado para alguns cliques.

Deixei o celular sobre a cama e me sentei na cadeira de frente para minha mesa de trabalho. Se minha mãe entrasse no quarto, ela me daria uma bronca, porque havia livros técnicos de arquitetura, papéis A5 com as plantas que eu estava desenhando e uma infinidade de réguas, lápis e post-its coloridos.

Liguei a CPU com o dedão do pé, pois ela ficava em um compartimento abaixo da mesa, e esperei a tela do computador de tubo acender. Demorou uns bons minutos para o PC ligar; enquanto isso, minhas pernas tremiam de nervoso. Debrucei-me sobre o móvel e apoiei a cabeça nos antebraços ao pensar se amor à primeira vista realmente existia ou se era balela. Ou seria atração à primeira vista? Ou interesse romântico à primeira palavra trocada durante o voo? Não sabia dizer, mas eu tinha certeza: *era ela.*

— Eu só queria um sinal. Qualquer que fosse... — murmurei. Então a tela enfim se acendeu, e vi o papel de parede da área de trabalho: uma colina verde com um céu incrivelmente azul.

Conectei o modem da internet na entrada USB da CPU. Mais uma demora de alguns minutos para a rede conectar. Em seguida, acessei o navegador para entrar na minha conta do Orkut. Como o perfil era pessoal, e não para trabalho, meu nome ali era bem inusitado: *J@e-won loirinho de Cristo*, uma clara referência à piada interna entre mim e meus amigos.

Procurei a conta da pousada e fiquei impressionado quando vi como as fotos ficaram ótimas, tanto as que eu tirara do espaço quanto as que dona Darlene tirara de mim. O que eu não poderia imaginar era que, logo abaixo da postagem com as minhas fotos, eu encontraria imagens de uma pessoa que ela também usara como modelo. Era ninguém menos que Dominic Sanchez usando um chapéu de fibra de buriti e um vestido branco longo. Ela sorria, de pé ao lado da piscina de bordas azuis, e meu coração acelerou ao imaginá-la em um vestido de noiva.

Ao ver todas as imagens daquele álbum, levei um baita susto e pulei da cadeira. Fiquei me movendo de um lado para o outro do quarto e encarando sem parar a tela do computador, pois em uma das fotografias dava para me ver lá atrás, com a minha equipe! Pela roupa que eu estava usando, uma camisa branca de algodão e bermuda marrom-escura de linho, devia ter sido tirada antes de sairmos para o passeio de lancha voadeira pelo rio. Justamente no dia que havia tirado as fotos! Mas como Dominic e eu estávamos exatamente no mesmo local, ao mesmo tempo, e não tínhamos nos esbarrado? Eu me lembrava apenas de ter saído da área do café da manhã, olhado para a piscina e visto uma moça de costas sendo fotografada por Darlene.

Meus olhos se detiveram por alguns segundos em seu chapéu, e eu lembrava que desejara comprar um igual para a minha mãe, que adoraria algo feito de forma artesanal e com um material especial daquela região. Fora apenas isso. Eu tinha seguido para o meu passeio sem fazer ideia de que acabara de ver a mulher que viraria minha vida do avesso nas últimas vinte e quatro horas. Isso explicava aquela sensação que eu havia tido desde que tínhamos nos sentado lado a lado no voo: era como se nos conhecêssemos de outros tempos.

Não sabia se aquele era o sinal que eu tinha pedido havia poucos minutos, mas, se antes eu já tinha noventa e nove por cento de certeza que *era ela*, agora estava nos cento e um por cento. Só me restava uma única dúvida: como e quando eu poderia contar isso a ela sem parecer ainda mais maluco?

13

O estopim que fez a crise explodir

DOMINIC

Já era véspera de Natal, mas o espírito natalino nunca havia chegado ao meu corpo. Na verdade, eu estava cansada. Muito cansada dos olhares das pessoas que assumiram o trabalho de Monique e como elas faziam com que eu me sentisse: culpada, a causadora da sua demissão. Mas era ela quem tinha sido uma péssima funcionária e provocado a própria ruína. Aquele era o meu lado racional falando, porque o emocional acreditava, de fato, que eu tinha culpa no cartório.

Embora Jae-won, minha prima e até meus avós me perguntassem se estava tudo bem no serviço, eu respondia que só estava exausta, pois aqueles dias estavam sendo bastante puxados. A cafeteria vivia cheia, e o meu horário, que deveria se encerrar às seis, se estendia até às sete da noite quando o movimento de clientes aumentava no final do dia.

Jae-won me consolava — durante as trocentas mensagens de texto que trocávamos todos os dias — ao dizer que naquela época era assim mesmo. Após o Ano-Novo, as coisas melhorariam e eu logo ganharia experiência para subir de cargo.

Eu estava usando o cansaço e as horas extras como desculpa para recusar seus convites de sairmos após o expediente. Na verdade, eu não saberia encará-lo após sentir um turbilhão de sentimentos ao seu respeito me dominando. O problema nem era o coreano ou o trabalho em si, já que eu estava acostumada a pegar pesado quando necessário, mas o ambiente da cafeteria, que se tornara hostil após a demissão de Monique. Isso porque todos os projetos que ela tinha para aquele Natal precisavam acontecer sem a sua presença e, claro, as pessoas que assumiram suas tarefas não ficaram nada felizes, pois já tinham outras funções.

Por essa razão, sempre que eu não tinha mesas para limpar ou lixo para separar, fazia questão de ajudar no caixa, vender souvenirs na lojinha ou lavar louças acumuladas na pia da cozinha. Tudo para aplacar a culpa que me consumia, porque queria compensá-los de alguma forma, mesmo que isso me desgastasse.

Eu dizia a mim mesma que era apenas uma auxiliar de serviços gerais e precisava fazer aquilo pelos outros, mas acumular tantas tarefas me deixava mais abatida. No fundo, eu só queria que aquelas pessoas gostassem de mim e que, se eu subisse de cargo, não pensassem que era por causa de Jae ou da minha prima. Seria por minha própria capacidade.

— Meu Deus, o que eu vim fazer aqui? — murmurei enquanto retirava as bandejas com canecas e pires de porcelana de uma mesa que acabara de ficar vazia. — A dona Darlene nunca me trataria assim!

Aquela empresa pagava melhor do que a pousada onde eu tinha trabalhado, além de ter vale-alimentação e plano de saúde e de ter custeado minha passagem para São Paulo de classe executiva. Eu era imensamente grata à família do Jae-won pela oportunidade que me deram, mas o arrependimento bateu à porta do meu coração e me convidou a fazer as malas. Ainda assim, como dizer adeus ao que nem chegara a acontecer?

Estar na Miss Coffee fazia parte dos degraus para eu realizar meu sonho de morar fora do país algum dia. O que tinha me convencido a abandonar tudo e me mudar para lá era Belinha ter me contado que os pais de Jae haviam prometido que, quando fundassem a filial na Califórnia, escolheriam alguns dos melhores funcionários da sede no Brasil para irem aos Estados Unidos a fim de treinar os novos colaboradores.

E se eu fosse selecionada? E se acabasse sendo contratada na filial norte-americana e morasse por lá, como a minha mãe fizera no passado? Pois o inglês fluente eu já tinha, assim como a cara e a coragem. Só precisava aguentar firme aqueles dias tensos.

Contudo, quando você está no meio do furacão e vê sua casa sendo destruída pelos ventos fortes, a única coisa que deseja é sair correndo e fugir das tempestades. Nós não queremos continuar em ambientes que desgastam nosso emocional, que tiram nosso brilho e onde não sabem nosso real valor. Dói muito mais que uma facada sentir que você não deveria estar ali, que seu trabalho não é valorizado ou que seria melhor nunca ter aceitado fazer parte daquele projeto só porque aquela empresa já havia sido o seu sonho e o motivo das suas orações. Outra vez, esse é meu lado emocional, catastrófico e frustrado falando. Mal sabia eu que poderia estar certa sobre isso e que teria a prova.

— Dominic, estão te chamando na cozinha.

— Oi? O quê? — Eu me virei bruscamente, perdida no mundo da lua.

Encarei uma mulher com o dobro da minha idade. Ela era uma das responsáveis por manter a cozinha limpa enquanto os outros faziam os doces, bolos e pães.

— Eu disse que estão te chamando lá dentro! Para você ajudar a lavar algumas coisinhas. Vai ser rápido. — Ela se aproximou de mim e pendurou o avental no meu pescoço. — Vou dar uma saidinha e já volto.

Apertou meu ombro e se afastou, indo em direção às escadas que levavam para o térreo.

— Tudo bem — murmurei quando ela já estava longe e senti um nó se alojar na minha garganta, além de um aperto no lado esquerdo do peito.

Fiquei meio minuto parada, com aquele avental quase chegando às canelas, pois a mulher era bem mais alta que eu. Aquela sensação de estar sendo usada veio com força, porém eu mesma me colocara naquela situação. Havia talheres e canecas de outras mesas para eu recolher, já que os clientes não poderiam chegar e encontrá-las sujas, o que me traria problemas. Mas o que eu poderia fazer? Atender às expectativas dos outros sobre mim mesma ou continuar meu trabalho como se nada tivesse acontecido, apesar de me sentir um fiasco?

Então, um homem bem maior que eu — afinal de contas, qualquer pessoa facilmente era mais alta que minha pessoa — saiu da cozinha e me chamou.

— Mocinha, o que você está fazendo aí parada? A Virgínia disse que sairia para resolver uma coisa e que você a cobriria aqui. Precisamos que entre logo, a pia está cheia!

O problema foi que ele não falou baixo, mas de forma audível. Assim, os clientes ouviram e murmuravam entre si enquanto me observavam. Pelo que eu ficara sabendo, aquele homem tinha sido contratado pela Monique, por ser amigo dos pais dela. Desde que ela havia sido demitida, eu o pegava me olhando de forma esquisita.

— Tem alguém para limpar essa mesa aqui? — uma menina chamou. Virei o rosto, e uma jovem elegante segurava a bandeja branca com seu lanche. Ela estava acompanhada de mais duas garotas, e as três me encararam. — Moça, você trabalha aqui? Por gentileza, pode retirar essas coisas da mesa para a gente poder se sentar? — Apontou com a cabeça para o móvel.

— Resolve aí e depois entra — disse o homem alto. — Não demora, porque a Virgínia deu certeza de que você ficaria no lugar dela.

Aquele foi o estopim para a minha explosão.

O nó na garganta aumentou de tamanho e comecei a puxar o ar pela boca com violência, emitindo um som de sufocamento; minha respiração de fato estava falhando enquanto a dor no peito aumentava drasticamente. Minhas mãos suaram, e dei um passo em direção ao banheiro. Contudo, não deu tempo de chegar lá. Logo minhas pernas desmoronaram sobre o chão aquecido, e eu caí sentada, com uma mão sobre o coração e a outra no pescoço, enquanto continuava puxando o ar com toda a força que me restava.

O barulho de vozes ao meu redor aumentou, e senti alguém tocando em minhas costas, massageando-as. Olhei para o lado e, com a vista embaçada pelas lágrimas, vi uma mulher de cabelos grisalhos. Tinha idade para ser a minha avó. Ela me encarou com uma mistura de susto e gentileza, mas minha mente estava tão turva que mal escutei o que falou.

— A garçonete está passando mal! Alguém chama uma ambulância, por favor!

— Dominic?! — Meus olhos se fecharam, mas tinha certeza de que era Isabela, minha prima. — Ela está... *morrendo*?! Meu Deus! Tem algum médico aqui?

— Eu já liguei para a ambulância, eles chegam em menos de quatro minutos — falou um homem. Nisso, eu me deitei no chão de barriga para cima, com o peito subindo e descendo velozmente pela força que eu fazia para puxar o ar para meus pulmões.

Alguém me ergueu um pouco, e eu me deitei no colo da pessoa, até que senti mãos massagearem meus cabelos e tentarem me oferecer um copo de água, mas eu nem sabia como recusar. Então, ouvi a Isabela falar e, em seguida, senti meu corpo desligar:

— Jae, onde você está? A Dominic está passando muito mal aqui no trabalho, vamos levá-la para o hospital mais próximo. Também não sei o que aconteceu, mas estou tão assustada e só pensei em falar contigo. Ela precisa de *você*!

14

A brisa suave em meio ao meu caos interior

DOMINIC

Vergonha. Era o que eu mais sentia àquela altura. Vergonha por ter ficado mal a ponto de precisarem chamar uma ambulância para me socorrer e paramédicos para me carregarem numa maca escada abaixo. Vergonha por ter caído no chão do meu novo trabalho e ter assustado os clientes, que só queriam tomar café num lugar tranquilo. Vergonha por estar tão longe de casa, das únicas pessoas que já me viram ficar tão mal assim. Vergonha por me sentir fraca, medrosa e incapaz de impedir que aquilo acontecesse comigo.

A tal vergonha dobrou de tamanho enquanto eu me recusava a responder às perguntas da médica que me atendia após a chegada dramática na ambulância, em plena véspera de Natal. Eu só queria sumir. Quem sabe me isolar numa ilha deserta e não ver a cara de mais ninguém, nem meu próprio reflexo?

— Senhorita Sanchez, sei que não está bem e que pode ser difícil falar nessas condições, mas precisamos saber se é alérgica a algum medicamento. Não podemos administrar nada sem antes termos uma resposta sua. Os paramédicos administraram um calmante com antialérgico e oxigênio na ambulância, mas você continua mal e temos que introduzir um mais forte.

— Prima, pelo amor de Deus, fale alguma coisa! — Isabela se agachou ao meu lado e segurou firme em minha mão. Quando abri os olhos, vi que ela estava com o nariz vermelho e os olhos inchados de tanto chorar por minha causa. — Eu não lembro se você tem alergia a alguma coisa e não quero ligar para a nossa avó só para confirmar, senão ela é que vai morrer de preocupação!

— Eu não... — puxei o ar pela boca — sou alérgica... — uma pontada atingiu meu peito e pensei que fosse morrer — a nenhum remédio — terminei com a voz ainda mais baixa.

Levei a mão trêmula ao coração, e a dor no peito aumentou. Embora estivesse mais estável, devido aos primeiros-socorros que tinha recebido dos paramédicos, minha respiração continuava irregular. Fechei os olhos e senti que a qualquer momento meu coração ia parar.

— Sua prima já teve crise de ansiedade antes? — a médica perguntou.

— Crise de ansiedade? Como assim, doutora? Ela não tem isso, não!

— É o que nossos pais chamam de *doença dos nervos*, e é mais comum do que você imagina. — Ela envolveu meu braço com o aparelho de medir pressão arterial, e o aperto que ele provocava me deu agonia. — Ela continua com a pressão alta, então precisa tomar dois medicamentos na veia com soro. Após isso, vamos encaminhá-la para o atendimento com o psiquiatra, está bem?

— *Psiquiatra*? Doutora, minha prima é normalzinha! Ela não precisa desse *médico para doidos*, não! É só dar um calmante forte para ela, e depois iremos para casa!

— Mocinha, a médica aqui sou eu, certo? Sei o que é melhor para a paciente. Aliás, já estamos em dois mil e dez. Que coisa feia chamar o psiquiatra de médico para doido!

Engoli em seco e me lembrei de quanto tinha fugido da consulta com psiquiatra. Na minha primeira crise, no ano anterior, eu também tinha parado no hospital, e minha avó quase tinha morrido comigo. Eu havia recebido o encaminhamento para me consultar com o psiquiatra e a psicóloga do posto de saúde do meu bairro, mas você acha que tinha ido? Claro que não! O que as pessoas iam pensar de mim se soubessem que eu estava doente na minha *mente*? Diriam que eu tinha enlouquecido ou que tinha uma fé tão fraca a ponto de ter adoecido! Por isso, eu ia aguentando aos trancos e barrancos, fingindo que estava melhor, sem deixar ninguém ver minhas crises. Se eu tinha vivido por anos suportando aquela dor em silêncio, continuaria empurrando com a barriga, né? Pelo menos, era o que eu achava.

Senti a cadeira de rodas em que eu estava sendo arrastada e ouvi o barulho da porta se abrindo. O clima do lado de fora daquela sala era diferente, menos frio, e o cheiro também, pois o odor típico de hospital invadiu minhas narinas, e eu espirrei três vezes seguidas.

— Ela está espirrando muito! Quer dizer que está infartando, doutora? — Belinha perguntou, desesperada.

Abri os olhos e a procurei, mas só vi as paredes brancas e a figura de um homem adentrando a recepção através das portas automáticas. Ele estava correndo até o exato momento em que nossos olhos se encontraram. O rapaz com traços asiáticos parou no meio do corredor. Seu cabelo loiro estava bagunçado, os fios arrepiados, a alça da bolsa quase caindo do ombro e pingos de suor brilhando em sua testa. Levou alguns segundos para meu cérebro assimilar quem ele era, quase como se eu tivesse tido uma perda de memória temporária devido ao trauma que aquela crise provocara.

— Jae-won?! — Belinha gritou. — Graças a Deus, você chegou, porque eu...

— Dominic! — Dito isso, ele recomeçou sua corrida e disparou para junto de mim.

Correu ao meu encontro, se jogou aos meus pés e se ajoelhou na frente da cadeira de rodas. Seus braços fortes me envolveram e, embora fraca, levantei minhas mãos para tocá-lo. Precisava saber se ele era real ou fruto de um devaneio provocado pela crise. Mas, quando meu rosto tocou em seu peito firme e senti seu perfume cítrico com aquele cheirinho de casa que só ele tinha, sabia que ele era o príncipe imperfeito por quem sempre esperara.

— Eu fiquei tão preocupado e nervoso, Dominic! Tive que pedir um táxi, porque não teria conseguido dirigir do trabalho para cá — Jae sussurrou enquanto me abraçava com delicadeza, como se eu fosse frágil o bastante para ser quebrada ao meio.

— Apenas um de vocês pode acompanhar a paciente para a sala da medicação.

— Você pode ir, se quiser, Jae. Eu vou aguardar o Ricardo aqui na recepção.

O coreano se desgrudou de mim e as lágrimas embaçaram minha visão outra vez, mas consegui vê-lo passar a mão no rosto — na região das olheiras, mais precisamente — e fungar o nariz. Ele tinha se emocionado também? Não saberia dizer. Mas, quando Belinha o mandara entrar como meu acompanhante, eu quase tinha pedido para a médica receitar um calmante a eles dois.

Ao entrarmos na sala, mais fria que a anterior, o ambiente estava silencioso, com alguns poucos pacientes acomodados em poltronas brancas. Infelizmente, eu não seria a única que passaria o Natal no hospital, porém o que eu não esperava mesmo era o que Jae faria em seguida.

— Após ela tomar os medicamentos, coloque-a de volta na cadeira de rodas e leve-a até o consultório do... — A médica pigarreou ao coçar a garganta. — A sala de número cinco, ok? Aqui estão a ficha da paciente e o encaminhamento dela.

— Certo, doutora. É para colocá-la nessa poltrona aqui?

A mulher assentiu com a cabeça e se retirou. Jae guardou os papéis em sua bolsa, aquela com o chaveiro da alpaca, depois veio até mim e me pediu licença.

— Senhorita, se me permite, preciso deitá-la ali. — Colocou um braço na curva dos meus joelhos e o outro nas minhas costas.

Ele me ergueu no ar como se eu fosse leve que nem uma pluma. Minha mão descansou em seu peito e a outra, em sua nuca. Naquela hora, nossos rostos ficaram próximos demais. Poucos centímetros nos separavam, e nossos olhos se encontraram. Por um segundo, esqueci a dor no peito e a sensação horrível de que ia morrer. Jae engoliu em seco e me acomodou na poltrona.

A enfermeira do plantão deu uma risadinha, provavelmente achando graça daquela cena inusitada. De fato, devia ser incomum uma garota com uniforme de trabalho — calça preta de alfaiataria, mocassins com meias brancas e um camisa vermelha de gola polo — no colo de um coreano alto, com cabelo pintado de loiro, no meio da sala de medicação de um hospital.

Ela foi até mim com o soro erguido em uma haste e me pediu que mostrasse os antebraços, para ela ver qual era o melhor lugar para me furar.

Fechei os olhos com força e virei a cara, pois odiava ser furada para tirar sangue ou, pior ainda, tomar remédio direto na veia. Nisso, senti outra mão envolver a minha. Abri a brechinha de um olho e vi Jae sentar-se ao meu lado, pegar meus dedos entre os seus e fazer um carinho no dorso para me acalmar.

— Você vai ficar bem, Dominic, e eu não vou a lugar nenhum — sussurrou docemente com a voz rouca.

Atrás dele havia luzinhas natalinas penduradas no teto, o que lhe dava uma aura angelical. Assim, eu me mantive concentrada em Jae, não na enfermeira que me furava.

— Jae, não faço ideia de quando vou ser liberada. Você não vai passar o Natal em casa? Já basta a Belinha se recusar a ir embora. Ela vai acabar perdendo a ceia de Natal na casa da sogra, e você vai perder a sua também. Seus pais devem estar te esperando... — respondi em tom também baixo. Conversávamos em sussurros.

— Eu escolhi ficar, Dominic. Não se preocupe com a hora em que sairemos daqui. Enquanto eu estava vindo, avisei minha mãe, então não se importe com mais nada, apenas em melhorar.

— Você tem certeza disso? Eu não quero ser um incômodo para nenhum de vocês... — falei, já sentindo o choro voltando e minha visão ficando turva.

— Você se lembra do que conversamos no voo? — perguntou ao levar o dedo indicador até meu rosto e limpar as lágrimas que caíam. — Ajudar meu próximo nunca será um incômodo, mas uma honra. E, se te servir de consolo, ainda podemos dividir o fone.

Jae-won puxou do bolsinho da camisa branca seu iPod prata, desenrolou o fone de ouvido e colocou um lado no meu ouvido e o outro no seu. Quando apertou o play, começou a tocar uma das minhas músicas preferidas: "Cry", da Mandy Moore. A canção fazia parte da trilha sonora de *Um amor para recordar*. Era supermelosa e sofrida. Eu a escutava milhares vezes quando a saudade da minha mãe apertava e eu só precisava de um abraço, mas tinha vergonha de pedir a alguém, até mesmo a Deus.

— Como você sabe que eu amo essa música? — perguntei, sorrindo timidamente em meio às lágrimas.

— Deve ser o destino. — O convencido deu de ombros e soltou um risinho suspeito.

— Ou você viu no meu Orkut. — Recostei a cabeça na poltrona e senti meus batimentos cardíacos se acalmarem, assim como o peso nos olhos aumentava e uma vontade de dormir me invadia. — Foi isso, não foi? Você ficou xeretando meu perfil, Jae?

Bocejei e não consegui mais manter os olhos abertos, que rapidamente começaram a pesar uma tonelada. Senti um tecido quentinho e aconchegante ser derramado sobre mim, como um rio de águas tranquilas que nos abraçava quando nadávamos em seu interior.

— Depois a gente conversa sobre isso. Você está com frio? Quer que eu peça outro cobertor?

Sua voz ficou ainda mais baixa, mas tão boa de se ouvir! Até melhor que a música que tocava no fone.

— Você, além de ser um príncipe, é um anjo da guarda, Jae-won Kim III? — Bocejei mais uma vez e senti os dedos dele secando minhas lágrimas.

Nisso, meus pensamentos desaceleraram, assim como minhas emoções turbulentas, que flutuavam no imenso rio daquela coberta quentinha. O sono me dominou em questão de segundos, mas ouvi mais uma coisa antes de apagar. Talvez fosse um delírio ou um desejo reprimido meu, mas creio ter escutado:

— Sim, Dominic, eu posso ser o que mais você quiser. Até seu futuro marido.

15

A notícia mais inesperada em um sábado à tarde

JAE

Dominic até quisera me evitar no começo da nossa história, deixando entre nós dois uma distância segura, como havia feito após o dia em que eu a levara à biblioteca e lhe contara a história da minha família. Confesso que eu também havia tido minhas resistências no início, porque ainda carregava comigo as feridas de ter sido traído e meu cérebro teimava em dizer que aquilo aconteceria outra vez.

Contudo, após passarmos a véspera de Natal no hospital e de eu tê-la acompanhado na consulta com o psiquiatra naquela mesma noite, em um dos momentos mais vulneráveis da sua vida, ela simplesmente tinha parado de fugir e desistido de qualquer tentativa vã de me afastar.

As mensagens que trocávamos se tornaram ligações longas. As recusas para sair comigo se tornaram convites aceitáveis. E ela havia passado a frequentar a mesma igreja que eu desde o culto de virada de ano, quando oramos juntos, de mãos dadas, pelo ano que estava chegando.

Assim, três meses depois, no final de março de dois mil e onze, em uma tarde de sábado úmida e com quarenta por cento de chance de chover, lá estava eu, um bobo apaixonado, arrastando na grama um carrinho de acampamento, cheio de todo tipo de coisa que você possa imaginar, no Parque Ibirapuera. Aquele seria o dia da minha confissão.

O clima não era dos mais propícios, pois o parque estava praticamente vazio, e o céu tinha bastantes nuvens cinzas. A área com cerejeiras não havia florido naquela época, no entanto eu não poderia esperar a primavera chegar, pois quando as flores nascessem eu não estaria mais no Brasil.

— Acho que vai chover, Jae. Se eu pegar um resfriado por sua causa... — Dominic me disse com a mandíbula trincada, numa mistura de preocupação com ameaça, com a mão na cintura e olhando para cima ao analisar o tempo.

Logo a inquietação deu lugar à curiosidade, e eu a deixei à vontade para explorar o local enquanto eu organizava tudo sozinho. Aquela era uma honra para mim, nunca um peso, pois era a primeira vez de Dominic não apenas no Ibira, mas em um parque municipal. Apesar de ela morar a vida toda em uma cidade do interior cheia de natureza, com rios, lagoas e dunas, lá não havia um ambiente como aquele.

Embora estivesse nublado, era o dia com menos chances de chover naquela semana. Esperava que ela pudesse aproveitar e que nada, *absolutamente nada*, atrapalhasse meus planos e reais motivos de levá-la até ali.

Eu a admirava de longe enquanto estendia a manta quadriculada sobre a grama verde, debaixo de uma imensa figueira plantada na frente do lago e perto da ponte que levava para o Pavilhão Japonês. Depois fui retirando os itens do carrinho e coloquei sobre o tecido o cesto com as frutas — selecionadas por minha mãe, é claro —, além do bolo de cenoura com calda de chocolate, uma pequena garrafa térmica com café e mais outra com suco de pêssego. Espalhei também os pãezinhos de queijo e sanduíches de peito de peru e, por fim, decorei com um vaso de margaridas, as flores preferidas de Dominic.

— Você por acaso trouxe um guarda-chuva nesse seu carrinho? — ela perguntou enquanto andava de volta para perto de mim. — Puxa! Você já arrumou tudo e nem me esperou para ajudar?

Dominic usava um vestido verde que tinha uma camada de renda por cima, com pequenas flores, e o típico par de mocassins com meias brancas nos pés. Seus cabelos cacheados dançavam na brisa suave, e eu sorri ao imaginar outra vez um futuro ao lado dela.

— Não se preocupe, senhorita. Eu estou aqui para te servir, esqueceu? E trouxe o maior guarda-chuva que encontrei lá em casa. Cabemos nós dois e ainda sobra espaço. Mas confie em mim, eu orei *muito* para que não chovesse hoje. Essas nuvens cinzas são passageiras.

— Pois vou confiar no poder da sua oração, irmão Jae. Mas, sério, você poderia ter me esperado para te ajudar! — Dito isso, ela parou de observar o clima e sentou-se de pernas cruzadas sobre a manta vermelha com branco. — Acredita que nunca fiz um piquenique?

— Sério? *Nunca*? Mas por quê? Você não gostava de passeios assim? — questionei ao me sentar ao lado dela, sem acreditar que aquela linda garota com vestido verde na minha frente nunca tinha ido a um piquenique.

— Não é que eu não gostasse, sabe? Mas agora, com a psicoterapia e o diagnóstico que recebi do médico, entendi que, desde que minha mãe foi embora para os Estados Unidos, eu desenvolvi os sintomas da ansiedade. E que, após o falecimento dela, comecei a apresentar alguns sinais de depressão também, mas sem aceitar que estava doente.

Depois da véspera de Natal e de sua ida ao hospital, eu tinha feito o possível para que o convênio do plano de saúde que a empresa do meu pai tinha contratado colocasse Dominic para receber tratamento na melhor clínica de saúde mental de São Paulo. No começo tinha sido extremamente doloroso, para ela, aceitar o diagnóstico de Transtorno de Ansiedade Generalizada. Caso ela não se cuidasse o quanto antes, o médico nos informara que os sintomas depressivos poderiam retornar com força e que ela desenvolveria crises de pânico. Se em mim tinha doído ouvir aquilo, nela tinha sido bem pior.

Ela havia pegado três dias de folga e ficado trancada em seu quarto, na casa da prima, revivendo o luto da mãe e a angústia do diagnóstico, lutando para aceitar que estava doente. Foram as setenta e duas horas em que eu mais tinha orado na vida. Também havia feito jejum em prol da vida dela e tinha emagrecido quase dois quilos, mas eu queria vê-la liberta de qualquer medo de buscar ajuda. Pela graça do Senhor, ela foi se abrindo e recebeu apoio não apenas meu, dos meus amigos e de Isabela, mas de seus avós também e dos meus pais. Todos mantínhamos sigilo de sua condição, pois ela tinha vergonha de assumir que estava com TAG.

No processo, meu pai contratou uma nova supervisora para ocupar a vaga que Monique deixara e fez uma reunião com os demais funcionários da cafeteria. Ele os alertou sobre assédio, fosse moral, físico ou sexual, e o que aconteceria caso praticassem esse crime — além de mandar cada um cuidar do seu próprio serviço e não empurrar suas tarefas aos outros, senão haveria mais demissões. Mas ele não tinha mencionado o caso específico de Dominic, o que nem era necessário, pois estava implícito em seus discursos.

Conforme os dias foram se passando, com a terapia duas vezes na semana, ela saía de sua prisão interior e se permitia desabrochar para uma vida leve, sem mais peso, culpa ou medo de não ser aceita por simplesmente ser quem era. Estava despertando para uma verdade inquestionável: tinha aprendido que se preocupava tanto com o que os outros pensavam a seu respeito, temendo decepcioná-los e frustrá-los com escolhas que não correspondiam às expectativas sobre ela, que estava adoecendo pouco a pouco, sem ao menos se dar conta de que estava morrendo por dentro. Um tipo de morrer extremamente silencioso e solitário.

— Lembro que naquela época eu não queria sair de casa, faltava aos cultos de propósito e evitava contato com as pessoas que só queriam o meu bem. E ainda teve aquele *fake* que me enganou no Orkut! Aquilo foi o golpe mais baixo do inimigo na minha vida. Passei a desejar a... *morte*. Uma coisa que nunca tinha me acontecido antes, nem quando minha mãe faleceu! Mas hoje, olhando para trás, vejo a mão do Senhor cuidando de mim, sabe?

Sua voz embargou, seus olhos lacrimejaram e Dominic respirou fundo para continuar. Eu sentia que aquele relato era muito sofrido, porém só o fato de ela ter coragem de me contar seus maiores traumas e escancarar seu coração sem receios significava muito para mim. Embora me sentisse às vezes como um garoto aprendendo a ser adulto, naquela hora eu vi que precisava ser o homem por quem ela sempre havia esperado, que lutaria ao seu lado por seu bem-estar e sua felicidade plena em Cristo.

— Só o fato de ter conseguido me dedicar aos estudos de inglês, apesar dos meus pensamentos ansiosos, depois ter sido contratada para trabalhar na pousada da dona Darlene, ter vindo agora para cá, ter te conhecido no aeroporto e estar numa empresa que está pagando por todo o meu tratamento de saúde mental... — Ela cobriu o rosto com as mãos e puxou o ar pela boca. — Se isso não é o cuidado de Deus, é o quê? A bondade dele sempre esteve comigo, Jae. *Sempre*!

Eu me aproximei de Dominic um pouco mais e delicadamente segurei suas mãos trêmulas, tirando-as de seu rosto vermelho. Beijei os nós de seus dedos e sorri sem mostrar os dentes. Um riso tímido, sem alarde, só para mostrar que eu continuaria ali independentemente das tempestades que ela enfrentaria nos próximos meses e anos.

— Você precisou ser muito forte, Dominic. Passou por tanta coisa, sem nenhum tratamento psicológico ou médico, com medo de se abrir com as pessoas e pedir ajuda. Deve ter sido muito difícil! Eu realmente sinto muito. Mas sou grato ao Senhor por ter te dado forças para continuar e sei que você só está aqui porque foi a presença dele que te sustentou.

— Para de falar isso, senão eu vou abrir o berreiro aqui nesse parque. Olha que papelão eu ia passar, Jae? Deus me livre! — Ela forçou um sorriso e me encarou.

— Não se importe com os outros, Dominic, porque eu vou permanecer aqui, ao seu lado, mesmo se você abrir o berreiro, fizer papelão e até plantar bananeira, pular de um pé só...

Isso foi suficiente para ela gargalhar alto, eu acompanhá-la em seu riso contagiante, e espantarmos qualquer tristeza para longe. Porém meu coração tremeu, porque eu senti que tinha chegado a *hora certa.*

— Vamos comer? Estou morrendo de fome. Nem almocei direito, só pensando nesse bendito piquenique! — ela disparou ao desgrudar nossas mãos e disfarçar ao passá-las em seus cabelos.

— Você quer comer agora? Porque eu tinha uma coisa para te dizer antes. Mas, se você quiser comer logo, depois eu conto.

— O quê? Desembucha! A comida pode esperar, mas a minha curiosidade, não.

Ela ajeitou a postura e arregalou seus grandes olhos castanhos. Aguardava com expectativa o que jamais poderia imaginar, visto que estava calma e tranquila demais, enquanto eu sentia meu coração acelerar como se eu estivesse correndo numa maratona.

— Então... — Estiquei o braço e peguei do fundo do carrinho uma cartolina branca. — Tenho uma planta para te mostrar. Eu passei as últimas duas semanas trabalhando nela, desde que meu pai me fez uma nova proposta.

Afastei o bolo de cenoura e a cesta de frutas para a cartolina caber entre nós dois. Dominic observava cada um dos meus movimentos e se concentrou no papel à medida que eu ia explicando do que se tratava.

— Ele me falou que, atrás do local em que a filial da Miss Coffee será construída lá na Califórnia, teremos um estacionamento e que ainda sobra um bom pedaço. Dá para fazer um pequeno prédio comercial para alugarmos as salas ou, quem sabe, uma residência, com direito a quintal, também para alugar.

— Uau, isso é incrível, Jae! Essa planta que você fez é da construção de lá?

— Exatamente. Mas essa não é a cafeteria, porque o projeto dela ficou pronto há um tempo e já o entreguei aos engenheiros da obra. Essa é a planta residencial, porque pedi ao meu pai para construir uma casa no lugar do prédio comercial, entendeu?

— Ah, entendi. Ele aceitou de boas? — Dominic perguntou, boquiaberta, sem esconder o choque.

— Sim! Meus pais e minhas irmãs ficaram bem animados com o projeto. Mas você é a primeira pessoa que está vendo a planta. Sei que pode ser um pouco enfadonho, mas posso te explicar o que eu projetei? Prometo que serei breve!

— *Breve*? Que isso! Minha fome até passou! Explique tudinho com o máximo de detalhes possível! Não que eu entenda de arquitetura, mas acho tão lindo o seu trabalho de realizar o sonho das pessoas através das construções que projeta! Isso me lembra o nosso Deus, sabe? Porque ele projetou todo o universo, cada espaço, estrela e ecossistema, e colocou em você esse senso de criação também.

— Eu nunca tinha visto meu trabalho dessa forma. — Dei um sorrisinho tímido.

Ouvir aquilo deixou meu coração aquecido e me deu liberdade de passar quase trinta minutos discorrendo sobre cada parte daquela residência no litoral da Califórnia. Dominic não desgrudava os olhos da planta e fazia comentários engraçados que só a mente dela conseguia inventar. Quando eu não tinha mais o que mostrar ou explicar, minha mão começou a suar frio, e um nervosismo tomou conta de mim.

— Nossa, quem alugar essa casa vai ficar tão apaixonado que vai querer comprar! Juro! Se o projeto está tão lindo, fico imaginando ao vivo, quando tudo estiver pronto.

— Bem, a casa não vai mais ser colocada para alugar. Meu pai me deu de presente, como uma parte da minha herança, e a construção dela começa ainda nesse ano, com a filial da Miss Coffee. Daqui uns três meses e... — Parei minha fala para puxar o ar pelo nariz e soltá-lo pela boca. — Não sei bem como te dizer isso, Dominic, mas eu vou ter que ir para a Califórnia para acompanhar os dois projetos. Na verdade, vou morar nos Estados Unidos por pelo menos um ano, devido a isso.

À medida que contava a notícia, o brilho de Dominic Sanchez sumiu. Imaginei que ela me diria um milhão de coisas, até que poderia gritar comigo, me chamar outra vez de *pilantra*, mas ela ficou calada, sem emitir som algum.

16

É só me dizer sim

JAE

— Você não vai falar nada, Dominic? — perguntei, achando muito estranha a sua reação fria.

— O que você quer que eu diga, Jae-won? Para não ir aos Estados Unidos e ficar aqui em São Paulo só porque nós dois nos aproximamos? Eu não seria egoísta a esse ponto quando se trata de um sonho que eu também tenho. Se fosse comigo, eu iria sem olhar para trás!

— Você realmente faria isso? Iria embora sem olhar para trás e sem nenhum arrependimento?

— Bem... — Ela abaixou os olhos e encarou as próprias mãos, que descansavam sobre o colo. — É um sonho que eu tenho já há tanto tempo e que orei tanto para Deus realizar, que se acontecesse seria loucura recusar, entende? Mesmo que eu fosse chorando, morrendo de saudades das pessoas que deixaria para trás, especialmente de um coreano loiro que se tornou meu melhor amigo nos últimos meses.

— É por isso que tenho outra coisa a dizer, Dominic. Só peço que não fuja, está bem? Me escute com toda atenção, mesmo se for dizer *não*, mas, por favor, me ouça. É só isso o que peço.

— Garoto, você está me assustando. — Ela voltou o rosto para mim e me encarou desconfiada, com o cenho franzido.

— Dominic Sanchez... — Tirei a cartolina do nosso meio, colocando-a atrás de mim, e puxei uma caixinha vermelha do bolso da calça.

Ergui um joelho e mantive o outro apoiado na manta quadriculada. Dominic deu um tremelique e colocou as mãos em formato de concha na frente da boca escancarada, numa pose de susto com incredulidade. Reuni toda a coragem que tinha, olhei bem no fundo de seus olhos e abri meu coração como nunca tinha pensado que faria outra vez:

— Sei que faz pouco mais de três meses que nos conhecemos, Dominic, e que o nosso encontro foi inusitado. Mas ele foi criativo o suficiente para poder até virar um livro, sem dúvida alguma, porque foi escrito pelo maior autor que temos, o Deus que escreveu nossas histórias e permitiu que nossos caminhos se cruzassem em um dia sem fim. Espero que não se espante quando eu disser que me apaixonei à primeira vista, antes mesmo de entrar naquele avião, mas aprendi a te amar na nossa convivência. Durante as nossas conversas, enquanto escutava os seus comentários irônicos e você ria das minhas piadas esquisitas. Quando você confiou em mim para expor as suas vulnerabilidades e me deixou fazer parte da sua vida. Por isso, eu não posso ir embora sem você. Para mim, não faria o menor sentido viver esse sonho sem ter você ao meu lado. Então, essa casa que projetei será nossa, dos nossos filhos, se me disser sim.

As lágrimas voltaram aos olhos de Dominic Sanchez, e ela ficou meio minuto parada, sentada, me olhando como se não fosse real o que eu estava dizendo.

— Você aceita se casar comigo, Dominic?

— Você tem certeza disso, Jae? Você me *ama* e quer se *casar* comigo? — Ela frisou essas palavras como se fosse difícil demais acreditar no que estava acontecendo.

— Eu te amo, Dominic Sanchez, e nunca tive tanta certeza em toda a minha vida. É só você me dizer sim.

— Mas e se eu responder que sim e depois você achar que aceitei só para ir para a Califórnia contigo, ter um *green card* e uma casa novinha? E se você achar que se precipitou e quiser o divórcio após um ano? Eu não aguento mais uma decepção assim, Jae. Não tenho emocional para isso, e você sabe.

Soltei um suspiro. Minha vontade era me levantar e pegá-la pela mão, puxá-la num abraço e fazê-la acreditar no quanto eu a desejava.

— Dominic, você acha mesmo que eu seria capaz de pensar algo assim a seu respeito? E que eu te proporia casamento para depois desistir de você? Eu te amo, senhorita. E está mais do que na cara que você me *ama* também, e não é pouco! Ou estou errado?

— Caramba, você vai me fazer me declarar na base da pressão. Isso não é justo! Mas, sim, eu *amo você*! Pronto, era isso o que queria ouvir? Eu te amo, Jae-won Kim III! Pega, coloca o anel aí. É nessa mão? — Ela estendeu a mão direita e mexeu o dedo anelar.

Ri alto outra vez. Meu pedido de casamento, com certeza, tinha sido o mais hilário que alguém poderia ter. Tinha pensado que ela ia chorar, mas nunca fazer piadinhas, o que só me fez amá-la mais.

— Sim, minha futura senhora Kim, é nesse dedo mesmo. — Pelo menos o humor da situação tinha quebrado o nervosismo e a tensão. Eu parei de tremer e coloquei a aliança dourada, com um brilhante solitário no centro, no dedo anelar de Dominic. — Eu posso...

Fiquei em pé, decidido a tomá-la nos braços e dar um beijo em seus lábios digno de filme de Hollywood. Contudo, fui mais uma vez pego de surpresa com a resposta dela. Aproximei-me de Dominic e segurei suas mãos firmemente, pensando que faria aquele momento durar para sempre em sua memória.

— O que você quer, Jae? — Ela arqueou uma sobrancelha e franziu a testa.

— Queria saber se posso... *beijar* você, Dominic, agora que somos noivos e...

— Eu sei que você não me pediu em namoro e pulou logo para o noivado, mas calma aí, homem! Você bem sabe que nunca namorei antes e que nem sequer fui beijada, mas esqueci de contar que fiz um voto com Deus e meu primeiro beijo será no altar, com meu marido — falou com convicção e expressão pomposa.

— Isso é sério, Dominic? Ou está usando como desculpa para fugir de mim?

— É, sim. É pegar ou largar, Jae. Não que eu não queira te beijar, porque eu quero. *Muito*, aliás! Mas eu fiz esse voto após ter quebrado o coração, quando pedi ajuda a Deus para me guardar para o meu futuro marido. Então, isso é algo bom, né? Porque, um dia, *eu* serei totalmente sua. O que me diz? — Piscou com os longos cílios para o meu lado e me deu um sorrisinho maroto, me torturando.

— Tudo bem, Dominic Sanchez, eu aceito as suas condições. Posso pelo menos beijar a sua testa? — pedi, me humilhando, e dei um passo para mais perto dela.

— Claro, meu querido noivo! A testa, pode. — Ela sorriu, brincalhona, e fechou os olhos.

Eu até quis ficar com raiva daquela garota por um único segundo, mas era impossível. O voto dela com Deus me fez me apaixonar mais. O fato de ela não ter renunciado a seus princípios por minha causa, mas ter escolhido se manter fiel ao Senhor e amá-lo acima de mim, me fizera querer tomá-la nos braços e nunca mais soltá-la. Beijei sua testa como se ela fosse a coisa mais preciosa do mundo, pois de fato ela era.

— Ainda bem que vamos nos casar em breve! Que tal marcarmos para julho? — sussurrei ao afastar meus lábios de sua pele quente e unir minha testa à dela. Olhei para baixo, contemplando-a.

— O quê?! Daqui a quatro meses? Você está maluco!

— Sim, porque temos que resolver as papeladas de visto e a casa em que vamos morar nos Estados Unidos antes de a *nossa* ficar pronta. O que me diz? É pegar ou largar, Dominic!

Ela me empurrou bruscamente e deu uns passos para trás. Cruzou os braços e me encarou como se eu tivesse dito algo absurdo.

— Não me faça quebrar meu voto, Jae-won! Porque você fica incrivelmente atraente quando faz essas gracinhas para o meu lado. Pelo amor de Deus, tenha piedade!

Pela segunda vez naquela tarde, eu gargalhei alto por causa de Dominic Sanchez, a mulher da minha vida e futura mãe dos meus filhos.

— Vou contar até cinco, e você vai correr de mim o mais rápido que puder, porque se eu conseguir te alcançar e te pegar...

— Ei, espera aí! Do que você está falando?

— Cinco... quatro... três... — Levantei a mão e fiz o sinal dos números com os dedos conforme contava bem devagar para dar um tempo a mais a ela.

— Jae, para com isso, me deixa me preparar! Eu não posso correr com esses sapatos. — Logo ela tratou de tirar os calçados e correu de meia pelo gramado do parque, em meio às árvores, o mais rápido que conseguia com suas pernas curtas.

— ... dois... um. Lá vou eu!

Não é surpresa nenhuma dizer que a alcancei em menos de dez segundos. Parecíamos duas crianças brincando de pique-esconde, como se não tivéssemos tido infância. Eu a segurei pela cintura ao enlaçá-la com meus braços, enquanto ríamos, bêbados de felicidade e amor. Abracei-a por trás, deixando uma distância segura entre nós, e beijei o alto de sua cabeça.

— Essa será a sua punição por ter sido pega por mim: ficar comigo o resto de sua vida, até o fim! Não tem como escapar disso, Dominic — confidenciei ao pé do seu ouvido.

Ela virou-se dentro do meu abraço e ficou de frente para mim. Nesse momento, uma chuva fina começou a cair. Os pingos eram tão suaves que não nos incomodamos. Dominic passou os braços em volta do meu tronco e levantou a cabeça para me encarar enquanto sorria sem fôlego, de orelha a orelha, e a garoa caía sobre sua cabeça, molhando sua testa. A cena devia ser engraçada vista de longe: um homem asiático, alto, de cabelos loiros bagunçados pelo vento, usando sua melhor roupa, uma camisa branca de botões e calça jeans de marca, e uma garota baixinha, cacheada, com seu vestido verde e meias brancas na grama.

— Te amar nunca será uma punição, Jae, mas o maior presente que Deus me deu. Agora você pode se abaixar um pouquinho?

Nem respondi. Flexionei as pernas rapidamente e fui surpreendido com um beijo na bochecha. O mais doce e apaixonante que tinha recebido.

— Não pensei que seria tão fácil dizer isso: eu te amo, Jae-won Kim III, meu príncipe coreano. É uma honra ser a mulher que ficará ao seu lado até o fim.

Ela apoiou a cabeça em meu peito e ficou lá, ouvindo as batidas do meu coração, que batia somente por ela, enquanto a chuva fina sobre nós parecia um sinal das bênçãos que nos alcançariam.

Epílogo

Dezembro de 2020

— E foi assim que conheci sua mãe — eu disse, concluindo a narrativa.

Estávamos sentados no chão em volta da árvore de Natal — feita de um pinheiro de verdade, faço questão de mencionar. Tinha terminado de contar a Jasmim, nossa filha de sete anos, como havia conhecido Dominic Kim. A garotinha tinha um trabalho para entregar antes das férias de inverno cujo tema era: *Qual a história mais legal da sua família e como ela deixa o seu Natal mais feliz?*

Entre as dezenas de inusitadas e mirabolantes narrativas que ela poderia ouvir, eu, Jae-won, acreditava que o começo de tudo era o mais incrível. Existe algo mais empolgante e romântico que conhecer o amor da sua vida na semana do Natal? Dominic tinha concordado com a minha escolha.

Antigamente, eu achava que os dias mais emocionantes da minha vida só começariam quando eu realizasse o grande sonho de ter minha própria família. Todavia, Deus tinha me mostrado que cada lugar onde ele me colocara — desde a casa apertadinha em que havia morado lá no Bom Retiro, antes de meus pais terem conseguido construir o que Dominic chamava de castelo, até o meu trabalho de arquiteto freelancer — tinha sido importante e havia forjado meu caráter.

Nós costumamos olhar para as coisas mais banais e simples como se não tivessem um impacto significativo em nossa vida e, principalmente, em nosso futuro. No entanto, agora eu acreditava que todos os dias e todas as histórias, em especial as de dor e sofrimento, carregavam o poder de mudar não apenas as futuras gerações que viriam de nós, mas também as mudanças que se iniciavam em nossa vida e reverberavam na eternidade.

Por isso, tinha aprendido a valorizar cada coisinha, até mesmo o que passaria despercebido, como uma garota que trombou comigo no aeroporto, um MP3 descarregado e um sanduíche que ela nem chegou a comer, mas guardou na memória como o primeiro lanche que seu marido lhe deu. Alguém que, curiosamente, se lembrava de tê-la visto antes de encontrá-la no voo.

Ainda durante o pedido de casamento no parque, eu lhe mostrei as fotos que havíamos tirado no mesmo dia, na pousada de dona Darlene. Ela também ficou em choque por não termos nos conhecido na época. No entanto, aquele momento ficou cravado em nós dois, como um sonho que continuava conosco mesmo após acordarmos, mas do qual acabávamos nos esquecendo no decorrer do dia, até que voltasse à consciência.

— Papai, será que vão pensar que isso saiu de um livro? — perguntou a pequena e muito esperta Jasmim. — E se a professora achar que inventei essa história toda?

Jasmim tinha os olhos angulares e puxadinhos, com pálpebras únicas, a pontinha do nariz bem arredondada e os lábios rosados como os meus. Em resumo, a menina era a minha cópia, uma versão feminina em miniatura. É, Deus tinha criado uma obra-prima e nos dera de presente, pois ela era herança do Senhor. Contudo, preciso dizer que a personalidade da menina era como a da mãe — ou seja, era dramática, bem-humorada e tinha medo de andar de avião.

Inusitadamente, Dominic me contou que estava grávida de Jasmim durante um voo que fazíamos para a Coreia do Sul, na viagem para comemorar nossos três anos de casamento. Ela disse que iria ao banheiro e, nisso, pediu à comissária de bordo que o comandante anunciasse durante o voo que estava grávida. O piloto primeiro chamou meu nome nos alto-falantes e disse que eu tinha pagado duas passagens, mas estava viajando com três pessoas. Fiquei encarando minha esposa sem entender nada, até que o homem, após uma pausa dramática, voltou a falar e me deu os parabéns ao anunciar que eu seria pai.

Todos no voo bateram palmas e gritaram, eufóricos, enquanto eu chorava sentado naquela cadeira, abraçado com minha mulher, pois fazia muito tempo que estávamos tentando engravidar e aquele era o melhor presente de casamento que Deus poderia ter me dado.

— Claro que ela vai acreditar, minha flor de jasmim. — Dei um beijinho na testa de Mimi, seu apelido, e depois peguei mais uma polaroide para pendurar na árvore.

Estávamos colocando fotos da nossa família nos galhos, junto às bolas douradas, aos enfeites de biscoito e aos laços vermelhos. A lareira acesa nos aquecia, e as largas portas de vidro da sala de estar, embora fechadas, deixavam a luz cinza da manhã de inverno nos iluminar. Tinha sido eu quem projetara nossa casa e participara de cada etapa do processo de construção, pois queria dar a Dominic o melhor e aquilo com que ela sempre sonhara.

Havíamos nos casado poucos meses após nos conhecermos, em julho de dois mil e onze. Não, não tinha sido cedo demais, muito menos precipitado. Depois de muita oração, de um curso de noivos na igreja e de termos conversado bastante com nossas famílias para conseguirmos sua bênção, ela me disse sim em uma cerimônia intimista no jardim da mansão dos meus pais em São

Paulo. Nosso primeiro beijo foi no altar, conforme ela havia prometido a Deus, e nunca nos arrependemos da nossa escolha de "nos casarmos cedo".

Dois meses após a cerimônia, nós nos mudamos para os Estados Unidos para acompanhar de perto a obra da nova cafeteria Miss Coffee. Desde então, ficávamos na filial norte-americana. Amávamos a vida que Deus nos dera em Santa Mônica!

Apesar de ser a nora do dono da empresa e de ter trabalhado com afinco na sede em São Paulo, Dominic não aceitou subir de cargo por indicação na cafeteria quando nos mudamos. Com eficiência, trabalhou como garçonete, depois se tornou chefe de setor e ajudou na cozinha nos dias de muito movimento, até se tornar a diretora da filial. Mas nunca deixou de estudar! Ganhou uma bolsa integral em uma universidade e fez licenciatura em inglês, o que sempre havia desejado estudar.

E não parou por aí! Apesar de ser mãe e esposa e de ter chegado a um alto cargo na cafeteria, ela ainda não se sentia completa na área profissional. Até conhecer, através de Molinari Jones, o pediatra da nossa filha, uma instituição filantrópica que oferecia diversos serviços gratuitos para crianças em situação de vulnerabilidade, chefiada pela esposa do médico, Suellen Jones. No começo, Dominic prestou trabalho voluntário em seus raros momentos livres. Ia com nossa filha, e Jasmim adorava as crianças de lá, especialmente os pequenos gêmeos, filhos de Suellen e Molinari.

Chegamos até a conhecer a filha mais velha deles, Mackenzie, e visto que a menina levava jeito para ser médica, como o pai — apesar de que, quando a encontramos pela primeira vez, a jovem estava muito triste por um amigo de infância que havia sumido do mapa sem deixar qualquer pista: um coreano como eu, com dupla cidadania, chamado Baek Fletcher. Minha esposa tentou ajudá-la, e acho que seus conselhos lhe fizeram bem.

Assim, Dominic ia se apaixonando pelo local e pela família Jones. Visitávamos a igreja deles várias vezes e, após muita oração, minha esposa, pela segunda vez na vida, pediu demissão. Por mais que fosse profundamente agradecida por tudo o que aprendera na Miss Coffee, sentia que seu lugar era ensinando inglês e português para crianças em situações de vulnerabilidade ao lado de sua amiga, Suellen Jones. Eu a apoiei em cada etapa da transição e vi minha mulher florescer.

Enquanto isso, eu também trilhei minha própria jornada — sempre ao lado de Dominic, uma vez que nos apoiávamos em tudo. Com muito esforço e a graça de Deus, consegui abrir meu próprio escritório de projetos arquitetônicos.

O Senhor foi muito bondoso comigo e com ela, meu chuchuzinho. Não por merecimento, mas pela misericórdia dele. Fizemos de tudo para frutificar para sua glória.

— Mas o pai de ninguém na minha escola é um príncipe — Jasmim protestou.

— Querida, na verdade, todos os pais que tratam bem a esposa e os filhos são príncipes. É só responder assim, caso alguém não acredite — aconselhou sua mãe ao afagar seus cabelos lisos e escuros, que também havia puxado de mim.

Diferentemente de dez anos antes, agora não andava mais com medo de alguém descobrir que eu era o príncipe Jae-won Kim III. Pois minha identidade ia além desse título, e eu tinha um Deus que guardava tanto a mim quanto a minha casa — embora eu fizesse o que podia para nos proteger, é claro, evitando nos colocar em situações de perigo.

Foi libertador não viver mais com a paranoia de que alguém nos faria mal se soubesse de nossos títulos. Havia passado tanto tempo escondido, mas agora percebia que, quando carregávamos uma luz, simplesmente não tínhamos como escondê-la num lugar escuro. E isso tinha a ver com minha identidade no Senhor, não com um mero título humano.

— Ahhhhh! — Jasmim exclamou. — Então todo homem que é legal e bondoso como o papai pode se tornar um príncipe?

— Baby, eles podem até tentar, mas seu papai é único, exclusivo, edição coreana e limitada. — Segurei minha filha e me levantei com ela no colo. — Impossível aqueles caras terem o meu charme!

Girei a menininha no ar. Ela deu gritinhos satisfeitos e gargalhou alto. Dominic nos contemplava, sorridente. Porém, num segundo, desviou o olhar para a porta e, boquiaberta, apontou para a paisagem externa.

— Está nevando! — anunciou, eufórica. Ela nunca se acostumara com a neve. Sempre que a via, ficava bobinha.

Peguei carinhosamente a mão de minha esposa, um ato do qual nunca me cansava e jamais me cansaria, e a levei para o quintal enquanto segurava nossa filha no colo. Malucos como éramos, giramos descalços na grama gelada e sentimos os flocos de neve caindo em nossos braços, protegidos pelos agasalhos de lã.

— Espere aí! Preciso buscar uma coisa. — Dominic me soltou e entrou na sala de estar.

Rapidamente, voltou para o quintal com uma Instax Mini verde-limão. O aparelho tirava fotografias em estilo polaroide; um item vintage que ela adorava. Também levava consigo uma imagem que imprimira antes.

— Olhem aqui! — pediu ao apontar para a câmera.

Num clique, ela registrou o momento em que lhe dei meu sorriso de orelha a orelha enquanto erguia nossa filha no ar. A menina, de vestido vermelho com mangas compridas, gargalhou com uma alegria contagiante.

— Vejam como vocês ficaram lindos!

Aproximei-me com nossa minicoreaninha e franzi a testa ao ver não a foto que ela acabara de tirar, mas sim o teste de ultrassom que mostrava um bebezinho minúsculo. Ergui o rosto e encarei minha esposa com os olhos arregalados, sem dizer nada. Em choque, quase desmaiei.

— Amor, você está... — Minha voz se perdeu na emoção.

— *Grávida* do nosso segundo filho? Estou, sim! — No mesmo instante, começamos a chorar. — Eu ia contar na véspera de Natal, mas não aguentei. — Deu um beijo na testa da pequena e falou com a voz embargada: — Mimi, você vai ganhar um irmãozinho ou irmãzinha! Está feliz?

— Mamãe, eu estava pedindo isso para Jesus! É o melhor presente de Natal de todos! — Ela ergueu os bracinhos e apertou o pescoço de Dominic, quase a sufocando.

— Filha, preciso que você feche os olhos — pedi com um sorrisinho torto, segundas intenções e lágrimas quentes rolando por minhas bochechas.

— Por que, papai? O que eu não posso ver? — Mimi indagou, confusa.

Coloquei Jasmim com cuidado na grama. Com uma mão, tapei delicadamente seus olhos angulares e, com a outra, puxei minha mulher pela cintura, beijando-a apaixonadamente enquanto a neve caía sobre nossas cabeças. Sem dúvidas, seria um inverno quentinho e reconfortante para aquela família real na Califórnia!

FIM

Agradecimentos

Eu não tenho palavras! Meu Deus! Que livro foi esse?!

Como um dia sem fim me apareceu de forma sorrateira. Eu já tinha o título antes mesmo de a história existir e o guardava por meses. Ainda assim, nunca pensei que ela nasceria em duas semanas e me tocaria de forma tão profunda. Por isso, agradeço primeiramente a meu Deus, que me deu cada ideia, frase e parágrafo. Tanto na primeira versão do livro quanto nesta, eu senti a mão do Senhor me guiando em cada etapa. Eu te amo, Jesus. Eu te amo, meu melhor amigo, Espírito Santo!

As pessoas costumam me enviar mensagens perguntando como tenho inspiração para escrever, como crio títulos poéticos e como consigo organizar uma narrativa — são tantos "comos"! Mas sabe qual é a minha melhor resposta? Oração. Sim, eu oro a respeito de tudo. Oro para Deus me dar o título, para me falar suas ideias para a *nossa* história e para ele me tocar antes de fazer isso com as pessoas através do que escrevo, porque assim sei que a cura e a transformação serão reais. Então, a minha dica é: ore. Ore muito!

Também agradeço à KgTrip Viagem, uma agência maravilhosa chefiada por Caroline Gonçalves, que organizou o tour incrível para os bairros asiáticos de São Paulo. Durante toda a viagem, eu me senti muito inspirada.

Agradeço também às autoras Vi Carvalho, Gabrielle S. Costa, Renata Lopes e Pat Müller, que toparam ler a obra para me ajudar a melhorá-la. Através de suas considerações, a história ficou ainda mais incrível. Muito obrigada mesmo, meninas. Vocês são incríveis!

E deixo aqui meu muito obrigada a minha família, em especial a minha mãe, por me aturar nesses dias em que fiquei praticamente confinada dentro do quarto, com todo o meu foco nesta obra. Muito obrigada também a minha amiga e autora Sara Gusella, e a seus pais e irmão, por terem me acolhido em sua casa na reta final da história e me dado todo o apoio para eu finalizar a obra enquanto estava passando uns dias com vocês!

Por fim, mas não menos importante, agradeço de todo coração ao meu amado Team, que me apoia em cada ideia louca e mirabolante que apresento. Se, no dia em que postei o *story* contando a *fanfic* que tinha vivido no aeroporto, não tivessem me enviado milhões de mensagens pedindo que eu usasse aquela situação em um livro, eu não teria tido esse estalo e a força de vontade para escrever algo tão desafiador. Muito obrigada mesmo, Team! Eu amo vocês ao infinito e além!

Com amor, Tati. <3

Sobre a autora

Tatielle Katluryn nasceu no interior do Maranhão. É formada em Psicologia pela Universidade Federal do Delta do Parnaíba. Apaixonada por Jesus e pelos dramas coreanos, decidiu unir suas duas paixões e escrever histórias edificantes relacionadas à cultura asiática. É autora de *O horizonte mora em um dia cinza* e *Se o dia não estiver sorrindo*, publicados pela Mundo Cristão.

Compartilhe suas impressões de leitura,
mencionando o título da obra, pelo e-mail
opiniao-do-leitor@mundocristao.com.br
ou por nossas redes sociais

Esta obra foi composta com tipografia EB Garamond
e impressa em papel Pólen Bold 70 g/m² na gráfica Imprensa da Fé